KB092721

삶의 고난에 대응하는 방법

번뇌를 껴안아라

삶의 고난에 대응하는 방법

번뇌를 껴안아라

현 진

담앤북스

머 리 말

누구나 번민 없이 살고 싶지만 현대인의 일상은 힘겨움의 연속이다. 삶의 현장마다 번뇌 망상이 무궁무진하다. 이렇듯 우리의 삶은 늘 복잡한 과제들과 마주하는 일상이라 해도 과언이 아니다.

그렇다면 정말로 이런 인생의 문제들과 삶의 모순에서 자유로워지는 방법은 없을까. 솔직히 이 질문에 딱 떨어지는 정답은 없다. 왜냐하면 이 문제는 수용하는 관점이나 입장에 따라 달라지기 때문이다.

유감스럽게도 현실의 고난을 바꿀 수 있는 방법은 없다. 하지만 괴로움을 받아들이고 대응하는 방식은 얼마든지 바꿀 수 있다. 닭은 추우면 나무 위로 올라가고, 물오리는 물속으로 들어가서 추위를 피한다. 이를테면 지금의 상황보다 더 깊이 몰입해서 고난을 전환한다는 것이다. 때로는 번뇌를 피하지 말고 삶의 일부분으로 인정하는 적극적 대응방식도 좋다는 뜻.

번뇌의 원인은 내 삶 속에 있으며 삶을 떠나서는 해결도 없다는 것이 불교적 입장이다. 질문 자체에 답이 있듯이 번뇌 속에 소멸의 길이 있다. 우리가 어리석은 것은 번뇌를 다스릴 줄 몰라서가 아니라 번뇌의 원인을 파악하지 않기 때문이다. 따라서 어리석음의 근원을 정확히 알고 그 상황을 반전시키는 그것이 지혜이다. 그래서 삶의 지혜는 번뇌 속에 살아가는 현대인들에게 더욱 필요한 가르침인지 모른다.

이 책은 우리를 둘러싼 수많은 번뇌의 주된 요인 세 가지를 큰 주제로 잡았다. 우리가 살아가면서 경계해야 할 대상인 탐심, 진심, 치심이다. 그리고 이를 다스리기 위해 노력하고 실천했던 동서고금의 지혜들을 인용하면서 이야기를 풀어내는 방식으로 구성되어 있다. 특히 탐욕 부분은 명예욕, 색욕, 수면욕, 식욕, 재물욕을 대상으로 해서 내용을 정리했다. 이는 현인들의 지혜를 통해 삼독三毒에 대한 해법을 함께 고민하고 싶었던 나 나름의 시도이기도 하다.

이 책 속의 소소한 이야기들은 지금을 살고 있는 우리들에게 빛과 거울이 될 것이라 믿는다. 그물코 하나를 당기면 그물망은 따라오는 법. 삶의 원리를 크게 통찰하면 세세한 번뇌는 우수수 떨어질 것이다. 아무쪼록 꿀벌이 꽃에서 꿀을 모으듯이 다양한 주제들이 독자들에게 정문일침頂門一鍼이 될 수 있길 기대한다.

2012년 신춘지절에

현진

다섯 가지 욕망 다스리기

嗔

화내는 습관 다스리기

癡

어리석은 마음 다스리기

시작하는
이야기

세 가지를 조심하라

당말唐末의 선승 설봉 의존. 그에게는 수많은 제자들이 있었는데 그 가운데 장경 혜릉, 현사 사비, 운문 문언 등이 대표적인 인물이다. 이들은 중국 선종사禪宗史에서 각기 개성 있는 언행을 통해 독특한 수행가풍을 형성한다. 설봉이 이들 세 명의 제자와 나누었던 대화는 이렇다.

하루는 설봉이 밖에 나갔다 돌아와서 여러 제자들을 모았다.

"내가 지금 남산에 갔다 오는데 도중에 사람들이 독사가 나타났다고 하더구나. 그러니 너희들도 나다닐 때 각별히 조심하여라."

모두들 어리둥절해하고 있을 때 장경이 스승의 뜻을 알아차리고 한마디를 더 보탠다.

"내 장담하는데, 오늘 밤 분명히 우리 중 한 사람이 그 뱀에게 물려 죽을 것이다."

장경의 이 말에 다른 제자들은 그 진의가 더욱 궁금하였다. 그러나 현사는 전혀 관심이 없었다. 오히려 "장경 스님이 제일 먼저 물려 죽을 것"이라며 큰소리쳤다.

이때 느닷없이 운문은 스승 앞으로 지팡이를 휙 집어던지며 "아이고, 뱀이다! 뱀이 나타났다!" 하며 벌벌 떠는 시늉을 하였다.

과연, 스승이 말한 뱀의 정체가 무엇이기에 세 명의 걸출한 제자들이 각기 다른 반응을 보였을까. 아마도 스승은 외출하였다가 돌아오면서 제자들을 시험하고 싶었는지 모른다. 그래서 돌아오자마자 "뱀이 나타나면 조심하라"는 문제를 내보인 것이다.

불교에서는 인간의 본성을 죽이는 세 가지 독을 삼독三毒이라 하는데 탐 · 진 · 치가 바로 그것이다. 탐貪은 남의 것을 소유하려는 욕망이요, 진嗔은 자신의 교만으로 타인을 욕되게 하고 분노하는 것이요, 치癡는 물질에 얽매여서 넋이 나간 상태를 말한다.

설봉이 말한 독사는 이 세 가지가 아니었을까? 한 번만 물려도 위험한 치사량을 지닌 무시무시한 독사를 조심하라는 것이다. 정말 무서운 것은 남산에 있는 독사가 아니라 인간의 마음속에 도사리고 있는 욕망이라는 것을 암시하고 있다.

수행이란 삶의 자리에서 삼독을 순화하는 일이며, 이 삼독에서 자유로워진 상태를 깨달음이라고 정의할 수 있겠다. 그래서 세 명의 제자들은 스승이 풀어놓은 독사가 무섭지 않았던 것이다. 이미 내부의 적을 물리친 승리자였기에 그들은 뱀을 가지고 공놀이하듯 이리저리 장난을 친 것이 아니겠는가.

우린 날마다 마음속의 삼독과 싸우고 있는 셈이다. 뱀을 보았을 때 우선 피하는 게 능사이겠으나 그건 본질적 해결이 아니다. 근심과 걱정, 분노와 질투, 미움과 욕정 등 108번뇌를 일으키는 원인이 마음자리에서 일어난 것이라는 사실을 통찰하는 것이 보다 적극적인 수행이다.

문제의 열쇠는, 이 삼독의 번뇌를 어떻게 다스릴 것인가 하는 부분이다. 이 문제에 대한 불교의 대안이 그렇게 어렵지는 않다. 탐욕을 없애기 위해서는 보시를 행하고, 성냄을 없애기 위해서는 자비한 마음을 내고, 어리석음을 없애기 위해서는 지혜를 닦아야 한다고 가르친다. 그렇다면 탐욕은 나누지 않는 데서 비롯되며, 성냄은 자비가 없는 것이 그 원인이 되며, 어리석음은 지혜가 없어서 생기는 행동이라는 것을 알 수 있다.

그렇다면 삼독의 해결이 더 쉽지 않을까? 하지만 우리네 삶의 유전자에는 탐욕의 세포가 더 많다는 것이다. 일상의 습관이나 태도를 단박에 바꾸기 어려운 이유도 여기에 있다. 또한 삼독의 배경에는 자아의식이 아주 강하게 작용하고 있다. 이 자아의식이 결국에는 '내 것이다' 하는 분별과 집착을 만들기 때문에 성인聖人처럼 행동하기란 더더욱 어렵다.

그런데 중요한 한 가지 비밀이 있다. 탐진치로 인해 파생되는 108번뇌에 0을 곱해 보라. 순간 108이란 숫자가 사라진다. 나를 놓아 버리면 일체 번뇌가 초기화되어 버린다는 이 진리에서 힌트를 얻어야 할 것이다. 나의 역할이 이처럼 대단하다. 탐욕으로 꽉 채울 수도 있지만 텅텅 비게도 할 수 있다. 그러니까 탐욕의 마음은 고정되어 있는 게 아니라 가변적인 것이므로 얼마든지 변화 가능한 상태다.

따라서 고정불변의 고통은 없다. 나 자신의 행위에 따라 번뇌는 시시각각 변한다. 이렇게 나의 행위가 나 자신을 만들어 간다는 역동적인 법칙이기 때문에 누구나 자신을 변화시킬 수 있다. 그래서 불교에서는 정해진 운명은 인정하지 않는다. 다만, 만들어 가는 운명만이 있을 뿐이다.

그러므로 인생에서는 획일화된 정답이 없는지도 모른다. 고정된 답이 없다는 것은 우리들 스스로가 정답자가 될 수 있다는 가능성을 말하기도 한다. 그래서 인생사가 흥미롭고 더욱 생동감이 있다. 여기 탐진치의 이야기 속에서 삶의 답은 과연 어떤 것이어야 할지 진지하게 성찰해 보았으면 한다.

다섯 가지 욕망 다스리기

한학자 변시연 선생은 일찍이 삼지三知의 철학을 강조했다.
즉 지족知足, 지분知分, 지지知止이다.
만족할 줄 알고, 분수를 알고, 그만둘 줄 알아야 한다는 것이다.
한 번만 한 번만 하며 망설이다가 아름답게 물러날 기회를 놓치는 수가 많다.

그물코 하나를 당기면 그물망은 따라오는 법.

삶의 원리를 크게 통찰하면

세세한 번뇌는 우수수 떨어질 것이다.

아무쪼록 꿀벌이 꽃에서 꿀을 모으듯이

다양한 주제들이 독자들에게

정문일침頂門一鍼이 될 수 있길 기대한다.

이름 없이
일을 해라

강원도 원주에서 활동하며 도농직거래조직인 '한살림'을 만들었던 무위당 장일순 선생의 잠언을 자주 읽는다.

이름 없이 일을 해야 한다.
돼지가 살이 찌면 빨리 죽고
사람이 이름이 나면 쉽게 망가진다.

명예가 높아지는 것을 조심해야 한다는 뜻. 이름이 널리 알려지면 좋은 점도 있으나 나쁜 점도 반드시 있다. 그러나 대부분의 사람들은 나쁜 점은 생각하지 않고 인기만 얻으려고 한다. 평범한 사람이라면 문제가 되지 않을 일도 유명인이라서 곤란을 겪는 경우가 얼마나 많은가.

특히 사람은 명예가 높아질수록 자신을 더욱 엄밀하게 살펴야 한다. 또한 인생에서 정점에 있다면 그 다음은 내리막길이라는 것도 알아야 한다. 그 시점을 알아야 인생이 허황되지 않다. 『초한지』에 등장하는 장량은 건국 공신이 되었지만 장가계로 몸을 숨겼기 때문에 살 수 있었다. 그가 권력의 살기를 감지하고 뱉은 말은 바로 "공을 이루었으면 몸을 뒤로 빼야 한다"였다. 물러날 때를 알아야 한다는 말이다.

호남지역의 대표적 한학자였던 변시연 선생은 일찍이 삼지三知의 철학을 강조했다. 즉 지족知足, 지분知分, 지지知止이다. 만족할 줄 알고, 분수를 알고, 그만둘 줄 알아야 한다는 것이다. 그만둘 때를 알아야 한다는 이 부분에 주목해야 할 필요가 있을 것 같다. 누구나 명예가 정점일 때 과감히 내려놓을 수 없기 때문이다. 높은 직책일수록 한 번만 한 번만 하며 망설이다가 아름답게 물러날 기회를 놓치는 수가 참 많다.

부질없이 백발이 되었네

나이 들어 더 치성하는 게 명예욕이란다. 나이 든 것도 서러운데 누가 알아주지 않으면 더 억울하기도 하겠다. 저 산골의 촌로村老처럼 이름을 숨기고 살지 않는 한 명예가 높아지는 것을 싫어할 사람은 없다. 하지만 재물의 피해는 거칠어서 쉽게 볼 수 있으나 명예의 피해는 세밀하여 알기 어렵다는 것이다.

나옹懶翁 화상은 고려 말의 고승으로 잘 알려져 있다. 나옹은 공민왕과 우왕의 왕사를 지냈으며 경기도 양주 회암사 중창에도 힘썼다. 자신의 죽음을 스스로 '열반불사涅槃佛事'라고 하였을 뿐 따로 임종게를 남기지 않았다. 나옹 화상의 문집에는 '세상을 경계함'이라는 제목의 시가 여럿 남아 있는데 다음의 글이 널리 회자되고 있다.

어제는 봄인가 했더니 오늘 벌써 가을이다.
해마다 이 세월은 시냇물처럼 흘러가네.
이름을 탐하고 이익을 좋아해 허덕이는 사람들,
제 욕심을 채우지 못한 채 부질없이 머리만 희었구나.

세월이 섬광처럼 빠른 것도 모르고 사람들은 허명을 좇아 이권에만 탐착한다. 일생을 명예만 탐하다가 부질없이 늙어 가지만 그 피해를 잘 모르고 살아가고 있다. 그렇다 하더라도 백발이 성성할 때까지 명예에서 자유롭지 못하다면 여생이 너무 치졸하고 한심하지 않을까.

명예를
좋아하지 않는 사람은 없다

한 구도자가 수피를 찾아왔다. 그가 심각한 표정으로 말했다.

"많은 사람들이 저를 스승으로 모시겠다고 야단입니다. 저는 지금 견딜 수 없을 만큼 머리가 아픕니다. 저는 스승이 되겠다고 수행한 것이 아니거든요. 저는 그 따위 명예는 먼지처럼 생각합니다. 사람들의 요청을 물리칠 좋은 방법이 없을까요?"

수피가 말했다.

"좋은 방법이 있지요. 그럴 때는 조금 미친 짓을 하는 것이 즉효입니다."

그러자 구도자가 눈을 크게 뜨며 소리쳤다.

"그런 미친 짓을 어떻게 할 수 있겠습니까? 그래도 제 명성이 있는데요."

우리 생에서 가장 오래 남는 욕구는 명예욕이다. 스스로 명예에서 자유롭다고 말하면서도 자신을 무시하거나 업신여기면 기분이 상하게 마련이다. 다른 이들이 자신을 알아주는 기분 때문에 명예에 더욱 집착하는지도 모른다.

명대明代의 어록인 『죽창수필竹窓隨筆』에도 이와 비슷한 고사가 전한다.

예전에 한 큰스님이 "세상에 명예를 좋아하지 않는 사람이 없다!"라고 탄식하였다. 그러자 좌중의 한 사람이 일어나 "참으로 스님의 말씀이 옳습니다. 명예를 좋아하지 않는 사람은 스님 한 분뿐입니다"라고 하였다. 그 말을 듣고 큰스님은 매우 기뻐하며 만족해하였다.

자신도 모르는 사이에 명예의 허물에 떨어진 것이다. 그 작은 칭찬에도 기뻐했으니 스스로 속임을 당한 것이다. 명예욕이란 이런 속성을 지니고 있다. 자신을 알아준다는 그 이유만으로 으쓱해지는 심리가 명예욕의 근간이 된다. 그래서 이 명예욕의 관문을 깨뜨리기가 참으로 어렵다.

명예는 모래집과 같다

세상에 이름이 알려지는 것을 혐오하는 스승이 있었다. 그는 늘 이렇게 말했다.

"나를 사람들에게 알리지 말라. 이름이란 머리카락 한 올보다도 하찮은 것이니까."

시간이 지날수록 겸허하고 청빈한 그의 가르침은 더 널리 알려지게 되었다. 그러던 어느 날 그는 '나를 찾지 말라'는 쪽지 하나만 남기고 어디론가 숨어 버렸다. 그가 진정 명성을 혐오하는 참된 스승이라는 게 증명되는 행동이었다. 이것을 보고 그의 가르침에 의심을 품고 있던 반대파들까지 그를 스승으로 여기게 되었고, 가르침에 목마른 많은 이들이 그를 찾아 나섰다. 그들은 이렇게 걱정했다.

"위대한 스승님을 찾지 못하면 어떡하지?"

하지만 예상과 달리 그들은 너무나 쉽게 스승이 머무는 곳을 찾을 수 있었다. 누군가 깊은 산자락 아래에서 스승의 신발 한 짝을 발견했고, 그 신발이 가리키는 방향을 따라가니 스승이 머무는 동굴이 나타났다. 그 스승은 산으로 숨으면

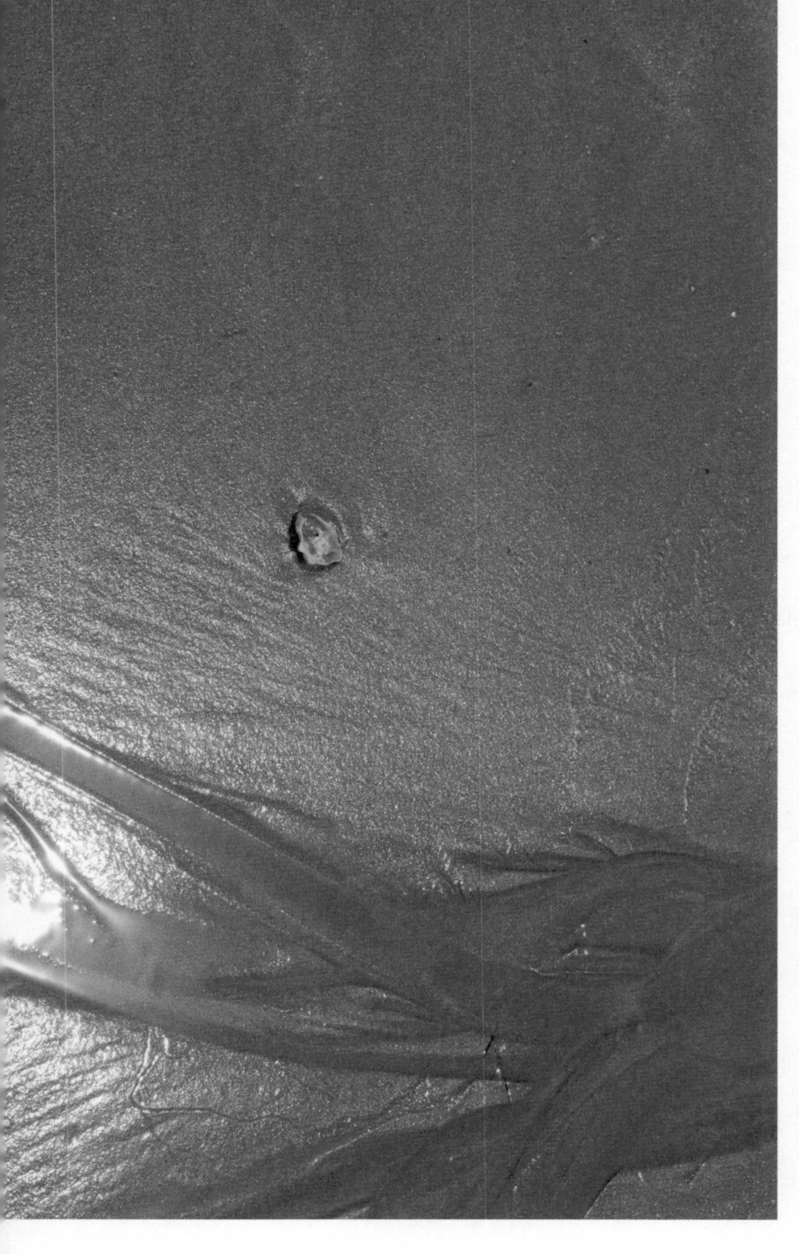

칭찬과 명예를 상실했다고 괴로워하는 것이
마치 어린애가 모래집이 허물어졌다고 우는 것과 무엇이 다른가。

서 누군가 찾아올 것을 예상하고 신발 한 짝을 흘려 놓았던 것이다.

명예욕이란 이런 것일까. 명예욕은 자기 이름을 드러내거나 높이고 싶은 욕망이다. 이런 속성 때문에 미처 자신도 느끼지 못할 만큼 중독성이 강하다. 그리고 일상 속에 깊이 잠재되어 있다. 특히 이 명예욕은 높은 자리에 있을수록 더 지배받기 쉽다. 그래서 그 누구도 명예에서 자유롭다고 말할 수 없다. 스스로 자유롭다고 말하는 그 자체가 이미 명예에서 자유롭지 않은 것이다. 이러한 사실 때문에 예수님도 "누구든지 자기를 높이는 자는 낮아지고 자기를 낮추는 자는 높아진다"고 하였으리라.

티베트 수행자들의 필독서 『입보리행론』에 다음과 같은 법문이 실려 있다.

모래집이 무너져서 어린애는 몹시 우네.
그와 같이 칭찬과 명예를 잃어버림을 괴로워한다면
내 마음은 어린애와 같은 것이리.

칭찬과 명예는 아무 이익이 없다. 그러므로 그것을 상실했다고 괴로워하는 것이 마치 어린애가 모래집이 허물어졌다고 우는 것과 무엇이 다른가. 명예와 권세는 쉽게 무너지는 모래집이라는 것을 기억하자.

그대를 위해 콧물을 닦지 않겠다

이름을 숨기고 살았던 수행자들이 많았지만 그 중에서도 당대唐代의 고승 나찬懶瓚 스님을 무척 존경한다. 그는 형산衡山 꼭대기 바위굴에 은거하며 이런 노래를 지었다.

"세상사 덧없으니 산 언덕에 사느니만 못하리.
칡넝쿨 뒤엉킨 줄기 아래 바윗돌 베개 삼아 누웠노라."

아무리 감추어도 사향의 향기는 퍼지기 마련이고, 봄날의 꽃향기도 바람을 따라 흩날리기 마련이다. 이처럼 큰 인물은 심산유곡에 꼭꼭 숨어도 기어코 세상에 알려진다.

이 스님의 명성을 듣고 덕종德宗이 사신을 보내어 궁으로 청했다. 지금으로 치자면 청와대에서 초청한 것이었다. 사신이 칙서를 가지고 그를 찾아

갔을 때 스님은 쇠똥으로 지핀 불에 토란을 구워 먹고 있었다.

"천자께서 칙서를 내렸으니, 스님께서는 일어나 성은에 감사하는 예를 올리시오."

그런데도 스님은 아무 말도 하지 않고 뜨거운 토란을 호호 불며 먹는데, 얼마나 맛나게 먹는지 콧물이 흘러도 닦지도 않았다. 보다 못한 사신이 콧물 닦을 것을 권하자 그때서야 한마디했다.

"내 어찌 그대를 위해 콧물을 닦겠는가."

즉, 임금을 위해 이 생활을 그만두지 않겠다는 뜻. 사신은 결국 나찬을 천자에게 데려가지 못했다.

누구나 명예 앞에서 흔들린다. 더군다나 고관대작의 자리에 천거되면 사양하는 이가 없는 세태에서는 더욱 그렇다.

사실 남이 알아준다는 것은 그 명성만큼 피곤한 일인지 모른다. 높은 자리에 오를수록 평범한 삶은 방해 받는다. 그런데 오르지 않으면 떨어질 염려도 없다. 따라서 그 무엇을 구하지 않으면 괴로움도 없다. 그래서 토란 구워 먹는 게 더 옳은 삶인지도 모른다. 부정한 수단과 방법으로 부귀를 꾀하기보다는 차라리 청빈하게 사는 편이 낫다. 영화나 권세가 영원하지 않으므로 더욱 그렇다.

뒷날의 슬픔을 모른다

과거시험에 급제한 사람을 알리는 방이 나붙고 새로 과거에 오른 사람이 풍악이 울리는 거리를 지나갔다. 이를 보던 한 스님이 "훌륭하다, 얼마나 좋을까!"라고 했다. 그런데 다른 스님은 "장하다, 그러나 얼마나 슬픈 일이랴!" 하였다. 앞의 스님이 그 까닭을 물었다.

"자네는 그저 지금의 즐거움만 알았지 뒷날의 슬픔은 알지 못하는군!"

하지만 앞의 스님은 이를 알아듣지 못하고 여전히 탄복하며 부러워하기만 하였다.

우리도 앞의 스님과 같은 대열에 서 있는지 모른다. 남의 입신양명을 부러워하고 있다. 그런데 출세와 봉록이 반드시 행복을 보장하는 것은 아니고, 지금의 즐거움이 영원하다고 할 수도 없다. 그러므로 다른 스님은 뒷날의 슬픔을 알지 못한다고 탄식한 것이다. 그 높은 벼슬에서 내려올 때는 누가 박수를 쳐 줄 것인가.

뇌물수수나 정치비리로 물러나는 고관들이나 청문회를 통해 낙마하는 관료들을 볼 때마다 차라리 등용되지 않았으면 망신은 면했을 것이라는 생각을 한다. 높은 지위 때문에 오히려 명예에 더 큰 손상을 입은 셈이다. 높이 올라가면 남들의 질투와 시샘을 받는다. 이것이 뒷날의 슬픔이 아니고 무엇인가.

명예나 부는 누구나 바라는 것이다. 그런데 명리를 일러 옛사람들은 "구하려 한다 하여 쉽게 구해지는 것이 아니요, 버리려 하여도 또한 면할 수 없다" 하였다. 여기서 말하고 있는 "버리려 하여도 면할 수 없다"는 대목에서 골똘히 생각해 보아야 한다.

이 말은, 명리는 구하기도 어렵지만 쉽게 놓을 수도 없다는 뜻. 그 명리에 스스로 구속되어 나오기는 더 힘들다는 것이다. 그래서 면할 수 없는 것인 줄 알면 애써 구할 필요가 없고, 얻었다고 기뻐 날뛸 일이 아니라는 교훈이다.

다 버리면 시원하다

옛날 어떤 국왕이 나라를 버리고 산중으로 들어갔다. 그는 오두막 한 칸을 짓고 쑥대로 자리를 삼아 살면서도 언제나 크게 웃으며 이렇게 말했다.

"아, 시원하다!"

그것을 지켜보던 산골 노인이 물었다.

"당신은 무엇 때문에 매일 시원하다고 하시오?"

왕의 대답은 이러했다.

"내가 왕으로 있을 때는 많은 걱정이 있었다오. 이웃 왕이 내 나라를 빼앗을까 두려워하였고, 사람들이 내 재물을 빼앗을까 걱정하였으며, 신하들이 반역하지 않을까 의심하였지요. 그러나 지금 나는 이 모든 근심과 불안에서 벗어나 있으니 시원하기 이루 말할 수 없습니다. 그러니 시원하다고 아니 할 수 없지요."

우린, 가지고 있기 때문에 걱정이 따른다. 놓고 나면 그래서 편하다. 아등바등 사는 것 또한 현재 가지고 있는 조건들을 지키려고 노력하는 행동은 아닌지 되물어 볼 일이다.

벼슬이나 지위가 떨어지면 큰일 나는 줄 아는 사람들이 있다. 그러나 명리는 우리 삶을 더 구속하고 답답하게 하기 마련이다. 이상하게도 예전에는 공부의 목적이 수양에 있었는데 지금은 남에게 고용되려고 공부하는 것 같다. 모두가 출세와 취업을 위해 공부하는 세태가 되었다. 그러므로 그 자체가 구속이다. 나이가 들어 갈수록 명예에 대한 집착을 다 버리면 시원하고 홀가분할 텐데 그게 안 되니 우리가 어리석다.

완성에 가까운
악마가 있다

하루는 퇴계 이황 선생이 길을 가는데 마침 기녀가 탄 가마가 옆을 지나고 있었다. 선생이 그 가마를 물끄러미 바라보고 있을 때 가마 안에 있던 기녀가 얼굴을 살짝 드러냈다. 그 순간 선생은 아름다운 여인의 요염한 미소에 넋을 잃고 말았다. 그러고는 가마가 저만치 갔을 때 고개를 숙이며 한마디했다.

"아, 이 마음이 나를 죽이는구나."

색심에 반응하는 이 마음이 자신을 죽인다는 탄식이다. 미색에 마음이 가는 것은 남녀노소가 다르지 않다. 아주 오래전부터 길들여져 온 습관이므로 자신도 모르게 분별하는 것이다. 노인이나 선비들도 다스리기 어려운 게 색심인데 하물며 범사凡事에서랴. 새삼 프랑스의 위대한 작가 빅토르 위고가 외쳤던 “여자는 완성에 가까운 악마이다!”라는 표현에 공감한다. 이성이란 너무 완벽한 악마라서 한순간에 눈멀게 하는 힘이 있는지도 모르겠다.

5세기경에 활동했던 가톨릭의 성자 베네딕토는 초기 수도자들의 규칙을 확립한 인물로 유명하다. 그런데 성인으로 추앙받던 그도 다음과 같은 고백을 했던 것으로 전해진다.

“사랑의 불길에 마음을 태워 없애 버리고 싶을 만큼 여인의 아름다움에 대한 기억이 불타 올랐다.”

이처럼 영적 여정 중에서도 성욕은 표출된다. 이를 통해 알 수 있듯 색심을 다스리는 일이 수행의 최고 과제라는 것을 거듭 깨닫는다.

아름다움도
언젠가는 무너진다

"저 시체가 바로 네가 사랑했던 여자이다. 지금도 저 여자를 품에 안고 싶은가. 저렇듯 이 세상의 모든 것은 생멸변화해서 항상 바뀌고 있다. 그런데 어리석은 사람은 그 겉모양만 보고 번뇌에 얽매이고, 그것을 스스로 쾌락으로 여겨 탐착하느니라."

붓다가 여인 때문에 힘들어하는 젊은 제자에게 던진 말이다. 젊은 제자가 사모하던 여인이 어느 날 죽고 말았다. 그러자 스승은 제자의 손을 끌어 그녀의 주검이 있는 상가喪家로 향했다. 붓다의 현장 교육은 이런 식이었다.

그 아무리 미색을 갖추었다 한들 시신으로 누워 있는 여인에게 다시 연정을 품을 수 있겠는가. 사랑의 감정은 이토록 허망한 것이라는 것을 보여 주고자 함이었다.

아름다움도 한순간에 무너지고 만다. 한동안 그 여인을 마음에 품고 속앓이를 하던 젊은 제자의 고민은 여기서 해소된다. 색욕은 근본적으로 탐욕에서 비롯된다. 주관적 망상이 주는 감정의 그늘이다. 그러나 애욕의 뿌리는 아주 깊어서 쉽게 다스려지지 않는 것도 사실. 오죽했으면『사십이장경』에 이런 경구가 있겠는가.

"이런 것이 하나뿐이길 다행이지, 만약 둘이 되었던들 천하에 수도할 사람은 하나도 없을 것이다."

색심 같은 것이 두 개 세 개 더 있었다면 아마도 수도를 포기할 사람들이 줄줄이 나올 것이다. 그만큼 색욕은 다스리기 힘든 대상이다. 먼 시대의 스승만 걱정한 게 아니다. 우리 시대의 스승이었던 성철 선사는 이런 요지의 가르침을 전했다.

"색욕 때문에 나라도 망치고 집안도 망치고 자기도 망친다. 그러나 이 색욕 때문에 나라를 다 망쳐도 뉘우칠 줄 모르는 게 중생이다. 그러므로 제일 무서운 건 색욕이다."

가죽주머니가 아름다운 것이다

어느 천신이 붓다를 시험하기 위해 예쁜 여인으로 변신하여 그를 유혹하려 했을 때, 붓다는 이렇게 꾸짖는다.

"가죽 푸대에 온갖 더러움을 가진 이여! 너는 무엇하려느냐. 이런 것들로는 나를 유혹할 수 없다. 내게는 쓸데가 없노라."

예쁘다는 것은 무엇인가? 가죽주머니(육신)를 아름답게 포장한 것에 불과하다. 그것에 속지 말라는 가르침.

이와 관련하여 『아함경』에서는 보다 구체적인 방법을 제시한다. 이성에 대한 탐욕이 사라지지 않을 때 부정관不淨觀 수행을 요구하고 있다.

"이 몸이란 머리끝에서 발끝까지 뼈를 줄기로 해서 살을 바르고 엷은 가죽으로 덮었다. 그리고 그 속에는 똥, 오줌, 가래, 고름 같은 갖가지 더러운 것들이 가득 차 있다고 생각하라."

미색의 이면에는 이런 부정적인 모습들이 가득하다. 그러나 그것을 보지 못하므로 더욱 집착하는지 모른다. 태국의 어느 절 입구에는 전신全身으로 된 해골의 모습을 전시해 놓았다고 한다. 그 해골의 주인공은 바로 1930년 미스 타일랜드다. 한때 나라를 대표하는 미인이었지만 살과 근육이 사라지면 흉측한 해골밖에 남는 것이 없다는 교훈을 주기 위해서다. 그 해골을 누가 예쁘다고 할 것인가.

결국 우리는 눈이 즐기는 아름다움에 기준점을 두고 있는지도 모른다. 하지만 보다 분명한 미美의 기준은 그 사람의 가죽(육신)이 아니라 그 사람의 행위(마음)가 되어야 한다. 어쩌면 우리가 인식하는 미인美人과 추인醜人의 개념은 가죽주머니에 대한 상대적 평가일 뿐 그 절대적 본질을 말하는 것은 아닐 것이다.

일단 벗어나라

옛날 한 수행자가 어느 집에 가서 걸식을 하였다. 집주인은 부인을 시켜 밥을 받들어 가져가서 주게 하였다. 그 부인의 아름다움을 본 수행자는 마음이 흔들려 주인에게 "욕심의 맛과 허물의 재앙과 벗어남이 있어야 하겠군"이라고 말했다.

집주인이 그 뜻을 이해하지 못하고 물었다.

"어떤 것을 욕심의 맛과 허물의 재앙과 벗어남이라 하는가?"

수행자는 집주인이 보는 앞에서 그의 부인을 와락 안으며 말했다.

"이것이 욕심의 맛이다."

집주인은 매우 화를 내며 수행자를 지팡이로 내리쳤다.

그때, "이것이 허물의 재앙이다"라고 수행자가 말했다.

다시 집주인이 때리려 하자 수행자는 문 밖으로 도망가며 이렇게 외쳤다.

"이것이 벗어남이다."

미색은 종종 이성을 흔든다. 솔직히 말하면 사회적인 윤리와 도리를 무너뜨릴 만큼 강렬하다. 이 말은, 자신의 잘못된 행동을 정당화하고 합리화하는 논리를 만들어 낸다는 뜻이기도 하다. 그래서 다른 사람의 배우자라 할지라도 잠시 눈길이 가는 것이다.

색을 탐하는 것은 욕심의 맛 때문이다. 그 맛은 결국 재앙을 불러온다. 그러므로 스스로를 다스리지 못하면 그 자리를 피하는 것이 상책이다. 그 대상을 보지 않는 것이 우선이며, 만약 보았다면 감정이 흔들리기 전에 피해야 한다는 가르침일 것이다.

예나 지금이나 이성 사이에 책임질 수 없는 감정이 싹튼다면 정들기 전에 멀리 떠나는 게 최고의 비법이다.

나는 달라이 라마다

14대 달라이 라마의 일상과 가르침을 담은 『용서』의 저자로 잘 알려진 홍콩 출신의 빅터 챈이 달라이 라마에게 이런 질문을 던진 적이 있다.

"당신도 성욕이 생깁니까?"

달라이 라마는 웃으며 대답했다.

"물론 내게도 성욕이 생길 때가 있습니다."

빅터 챈이 다시 물었다.

"그럴 때 당신은 어떻게 합니까?"

그의 대답은 참으로 명료하다.

"그럴 때면 나는 소리칩니다. '나는 달라이 라마다! 나는 달라이 라마다! 나는 달라이 라마다!' 그러면 어느 틈엔가 사라지고 맙니다."

성자로 알려진 그의 인간다운 솔직함을 떠나 그의 수행법이 너무 사실적이어서 놀랍다. 그렇다. 현재 자신의 위치나 인격을 돌아보는 것만큼 확실한 자각은 없다. 성욕이 치성할 때마다 '나는 누구이다!'라고 외치는 것도 큰 도움이 될 것 같다.

요가에서는 인간 내면의 원초적 생명 에너지를 '쿤달리니'라고 부른다. 이 쿤달리니가 인체의 아랫배에 웅크리고 있는 모습은 뱀의 형상이다. 요가 경전이나 티베트의 밀교 경전에 나타난 쿤달리니 그림들을 보면 여러 마리의 뱀이 서로 엉켜 있는 모습으로 그려져 있다. 그래서 인간의 섹스 에너지는 흔히 뱀으로 상징된다.

과연 인간의 성욕은 어떻게 다스려야 할까? 이 물음은, 이 섹스 에너지를 어떤 방향으로 사용할 것인가의 문제이기도 하다. 섹스를 통해서 에너지를 아래로 사용하면 생명이 잉태되는 것이고, 위로 끌어올리면 성자가 된다. 아랫배에 잠재되어 있는 섹스 에너지를 흔들어 깨워 영혼의 각성으로 전환해야 옳을 것인데 대부분은 육체의 본능에 안주하고 만다.

붓다 당시에 출가자의 자격을 정할 때 반남반녀半男半女는 제한되었다. 그것은 왜일까? 즉, 건강한 남녀가 아니면 에너지의 상승이 없다고 본 것이다. 다시 말하면 이렇다. 섹스 에너지가 반드시 나쁜 것만은 아니다. 열정의 원천이며 건강의 지표다. 문제는 그 힘을 어떻게 사용하느냐 하는 것이다. 그리고 수행하는 데 있어서는 건강한 남자가 그 에너지를 전환하기가 수월하다고 판단했던 것이다.

사변성룡蛇變成龍, 뱀이 용이 되려면 이 쿤달리니 에너지를 상승시키는 게 중요하다. 반복되는 결론이지만 결국 이 섹스 에너지를 어떻게 사용하느냐에 따라서 성자가 되기도 하고 범부가 되기도 한다. 이 섹스 에너지를 배꼽 아래에만 머물게 해서는 안 되는 이유가 여기에 있다.

어머니와
동생으로 생각하라

『사십이장경四十二章經』은, 붓다가 남긴 교훈을 한 권으로 간략하게 정리해 놓은 경전이다. 이름 그대로 42개의 각 장으로 나누어 알기 쉬운 비유를 들어 불법의 핵심과 요지를 말하고 있다. 이 경에서는 애욕을 경계하는 내용을 여러 장으로 나누어 할애하고 있다. 어느 때 이런 일이 있었나 보다.

어떤 수행자가 음욕을 견디다 못해 그 근원을 없앤다며 자신의 성기를 절단한 일이 생겼다. 그때 붓다는 측은한 표정을 지으며 조언한다.

"성기를 끊는 것은 마음을 끊는 것보다 못하다. 마음이 몸의 주인이어서 마음이 그치면 모든 것이 따라서 그친다. 삿된 생각을 그치지 않는다면 성기를 끊은들 무엇이 유익하겠느냐?"

이성에 대한 쾌락을 경계하는 모든 종교 전통에서 자신의 성기를 제거하거나 눈을 찌름으로써 유혹을 물리치려 했던 이야기는 매우 흔하다. 문제는 이렇게 해도 욕망이 사라지지 않는다는 점이다. 색심의 뿌리가 성기에 있다면 왕조시대의 환관들은 이미 성인군자가 되었을 것이다.

이를 보더라도 욕망의 근원은 마음에 있음을 알 수 있다. 이성에 대한 적대와 혐오로는 욕망의 한계를 넘어서기 어렵다. 따라서 마음의 움직임에 주목할 필요가 있다.

그렇다면 어떻게 해야 하는 것일까. 『사십이장경』의 가르침은 이렇다.

"늙은이는 어머니로 생각하고, 나이 많은 이는 누님으로 생각하고, 나이 적은 이는 동생으로 생각하고, 어린이는 딸로 생각하여 그를 예로써 공경하라."

즉, 붓다가 설정한 이성에 대한 가이드 라인이다. 이 경계를 넘으면 로맨스가 아니라 스캔들이 될 확률이 높다.

그 낭비를 생각하라

옛날에 재산을 많이 가진 부인이 있었는데, 다른 남자와 정을 통하고는 금과 은을 모두 가지고 집을 떠났다. 길을 가다가 물살이 센 물가에 이르러 남자가 말하였다.

"당신은 여기에서 기다리시오. 내가 먼저 건너가 짐을 내려 놓고 다시 오겠소."

남자는 그 걸음으로 달아나 돌아오지 않았다.

부인은 혼자 물가에 앉아 남자를 기다리다가 여우의 행동을 보게 되었다. 그 여우는 매 한 마리를 손에 쥐고서 다시 물고기를 잡으려 하다 매도 놓치고 물고기도 놓치고 말았다. 그것을 보고 부인이 여우에게 말했다.

"너는 왜 그리 어리석은가? 둘을 잡으려다가 하나도 얻지 못하는구나."

이 말을 듣고 여우가 대꾸했다.

"내 어리석음은 오히려 낫다. 네 어리석음은 나보다 더하구나."

『구잡비유경』에 나오는 내용. 누구나 자기 실책은 잘 모른다. 또한 하나에 만

족하지 못하면 본래 있던 하나마저 잃게 된다. 양손에 쥐려다가 결국 빈손이 되는 경우가 많다. 이 내용에 등장하는 부인처럼 빗나간 사랑에 대한 욕망으로 가정뿐 아니라 자신의 행복마저 잃게 된다. 그래서 조선 시대의 선비 이덕무는 이성의 욕망을 경계하지 않으면 모든 것을 낭비할 수 있다고 이렇게 꾸짖었다.

"여색을 대하여는 그 낭비를 생각하라. 나의 행실을 허비하고, 나의 몸을 허비하고, 나의 재물을 허비한다. 그러므로 삼가는 것이 중요하다."

공부를 방해하는 것의 첫 번째는 잠이다

해인사에서 공부하던 시절, 내가 쓰던 목침木枕이 있었다. 본래의 그 목침 주인이 공부를 마치고 만행을 떠난 터라 내가 그것을 사용하게 되었다. 세월이 지난 지금도 선명하게 남아 있는 것은 그때 그 목침에 새겨진 글귀다. 이른바 목침명木枕銘이다.

광겁장도 수마막대曠劫障道 睡魔莫大

"오랜 겁 동안 도를 장애하는 데에는 수마보다 더 큰 것이 없다"는 뜻인데 고려 후기의 야운 스님이 후인에게 남긴 말씀. 나는 잠에 대한 이 경책이 마음에 들어서 목침을 자주 이용하였다.

절에서는 깊이 잠드는 것을 예방하기 위하여 목침을 만들어서 사용한다. 목침은 표면이 딱딱하고 불편해서 오래 잠을 잘 수 없는 구조라서 그렇다. 몇 해 전

백제시대 무령왕릉을 돌아보면서 우리나라에서 가장 오래된 목침을 보게 되었는데, 왕비의 관에서 출토된 유물이었다.

통나무를 사다리꼴로 다듬은 뒤 그 긴 변의 중앙을 움푹 파서 머리를 놓을 수 있게 만들어져 있었다. 아마도 왕실의 사람들이 잠을 더 편안하게 자기 위해 고안한 듯했다. 이로 미루어 보아 목침의 역사는 꽤 오래된 셈이다.

그렇다면 잠을 다스리는 문제는 인류 역사의 오랜 숙제였을 수도 있다. 그 숙제는 세월이 흐른 지금도 여전하다. 인간이 진화하는 동안에도 수면욕은 조금도 퇴화되지 않았기 때문이다.

눈꺼풀이 제일 무겁다

어느 날 성철 스님이 이런 질문을 하였다.

"이 세상에서 가장 무거운 게 무엇이냐고 사람들에게 물었더니, 저마다 대답이 각각이더라. 누구는 쇳덩어리다, 누구는 사람의 정情이다, 하는 거라. 너희들은 이 세상에서 뭐가 제일 무겁나?"

그러고는 잠시 대중을 살피시더니 이렇게 말씀하셨다.

"이 세상에서 제일 무거운 것은 눈꺼풀이다. 잠이 올 때는 천하장사도 그 눈꺼풀 하나 들 수 없는 것이다. 알았나?"

오욕락 가운데 가장 극복하기 힘든 대상은 바로 잠이다. 얼마나 공부를 방해하기에 '수마', 즉 '잠 마귀'라고 이름 했겠는가. 누구라도 자리에 앉기만 하면 졸음이 밀려오기 일쑤다. 일주일 동안 잠을 자지 않고 정진해 보면 잠이 얼마나 큰 장애인가를 실감한다. 심지어는 차가운 눈 속에서도 자고, 해우소에서 볼일 보다가도 잠을 잔다.

아마도 세상에서 가장 지독한 고문을 말하라면 잠을 재우지 않는 형벌이 아닐까. 잠에는 항우장사도 못 당하고 쓰러지고 만다. 어떤 스님은 잠을 쫓기 위해 목에 막대를 받치기도 하고 천장에 새끼줄을 매달아 목에 걸어 두기도 하였다지만 모두가 허사다. 밀려오는 잠을 막기는 그 어떤 도구로도 불가능하다. 그러므로 이 세상에서 눈꺼풀이 제일 무겁다.

귀신굴에 앉지 마라

어느 날 비구들이 설법을 듣고 있을 때 그 자리에 있던 아나율이 깜빡 잠이 들었다. 그것을 본 붓다가 주의를 주었다.

"자네는 무엇 때문에 출가했는가?"

붓다의 이 질문은 출가의 목적을 되물은 것이었다. 즉, 출가의 목적이 잠을 자기 위한 것은 아니라는 지적이었다.

이 말을 듣고 아나율은 얼굴을 붉히며 맹세하였다.

"오늘 이후로 다시는 잠을 자지 않겠습니다."

그 후 아나율은 졸음이 쏟아지면 바늘로 눈을 찌르며 정진했다. 그 결과 아나율은 눈이 손상돼 버렸다. 붓다는 명의를 불러 치료할 것을 권하고 잠을 자라고 했지만 그의 결심을 바꿀 수는 없었다. 결국 실명한 아나율은 이렇게 말했다.

"육체의 눈은 잃었지만 평상인으로는 얻을 수 없는 천안(天眼: 마음의 눈)을 얻었노라."

수마가 올 때는 마땅히 이것이 무슨 경계인지를 알아차려야 한다。
눈꺼풀이 무거워지는 것을 깨닫자마자 정신을 바짝 차려
화두를 한두 번 소리 내어 챙기도록 하라。

이 일화를 보더라도 잠은 보통 결심으로는 다스릴 수 없다. 그렇다면 옛 스님들은 어떻게 극복했을까. 이 수마를 다스리는 법에 대해 원나라 말기의 고승 몽산夢山 화상의 어록인 『몽산법어』는 이렇게 적고 있다.

"수마가 올 때는 마땅히 이것이 무슨 경계인지를 알아차려야 한다. 눈꺼풀이 무거워지는 것을 깨닫자마자 정신을 바짝 차려 화두를 한두 번 소리 내어 챙기도록 하라. 졸음이 물러나거든 하던 대로 다시 자리에 앉고 그래도 물러나지 않거든 밖으로 나와 수십 걸음을 걸어라."

잠을 이기는 최상의 방법은 화두에 매진하는 것이라는 말씀인데, 본래 목적을 잃지 말라는 조언. 마치 학생이 시험 합격을 위해 공부하면 집중이 더 잘되는 이치와 같다. 이는 잠을 쫓는 일이 목적이 되어서는 안 되고 공부가 목적이 되면 잠은 자연스럽게 다스려진다는 말이다.

스님들이 참선할 때 활용하는 잠 극복 방법은 대략 두 가지다.

첫째는, 눈을 감지 않는 것이다. 눈을 감고 참선하는 것은 흑산귀굴黑山鬼窟이라고 해서 예로부터 경계해 왔다. 캄캄한 산 속의 귀신굴에 앉아 있다고 생각해 보라. 귀신에게 홀려서 잠자기 딱 알맞은 조건이 아닌가. 그래서 눈을 반쯤 뜨고 있는 것이 좋다.

둘째는, 음식 조절이다. 과식을 하거나 폭식을 했을 때 졸음이 동반된다는 것은 누구나 안다. 그래서 음식을 적절하게 조절하는 것이다. 공부인의 식단은 일즙일채一汁一菜가 전부라고 했다. 될 수 있으면 적게 먹고 식탐으로부터 자유로워져야 한다. 배불리 먹었는데 잠 안 온다는 말은 거짓말. 약간 배고픈 상태가 되었을 때 졸음이 줄어드는 것은 확실하다.

이 두 가지를 참고해 보라.

어찌
편안하게 잠을 잘 수 있겠는가

"덧없는 세월은 찰나와 같으니 날마다 놀랍고 두려우며, 사람의 목숨은 잠깐이니 잠시라도 머물러 있지 아니한다. 만일 삶의 문제를 해결하지 못하였다면 어찌 편안하게 잠을 잘 수 있겠는가."

신라의 국사國師였던 원효 대사의 경책이다. 화두타파, 그러니까 출가하여 도전한 미션을 모두 마무리하기 전에는 편하게 잠잘 수 있는 여건이 아니라는 뜻이다.

옛 스님들은 백 일 불수不睡 정진을 하였다는 기록이 있다. 백 일 동안 잠을 자지 않고 정진을 계속하는 것이다. 이런 초인적인 수행을 누가 감당해 내겠는가. 성철 스님은 10년 장좌불와長坐不臥로 유명하지만 범인凡人들은 흉내도 내기 어렵다. 이 수마를 극복하는 일이 공부의 지름길이기 때문에 잠자지 않는 수행에 도전하는 것이다.

수행현장에 나가 보면 수마를 이기기 위해 별별 방법이 다 동원된다. 야밤에 뜀뛰기를 하기도 하고, 얼음물에 세수를 하기도 하고, 눈 밑에 고약한 연고를 바르기도 한다. 그러나 그것은 잠시의 처방일 뿐 졸음을 이기지 못해 뒤로 펑펑 넘어진다.

최근 일본의 한 통신사에서 네티즌을 대상으로 "당신에게 가장 강한 욕구는 무엇입니까?" 하고 물었다고 한다. 이 조사에서 놀랍게도 수면욕이 1위를 차지했다. 졸음이 몰려올 때의 그 고통을 경험한 이들이라면 어느 정도 고개가 끄덕여질 것이다. 며칠 잠을 자지 못한 상태라면 그대는 어떨 것인가? 아마 밥을 먹는 것도, 돈을 버는 것도, 여자를 만나는 것도 다 귀찮고 그냥 푹 자고 싶은 생각만 오롯하리라. 잠이란 이렇게 무서운 욕구다.

지옥에 떨어질 땐 후회한다

불교에서의 수면법은 '일찍 자고 일찍 일어나는 것'이다. 붓다는 삼경(절에서는 저녁 9시~새벽 3시) 아니면 자지 말 것이며, 삼경이라도 때때로 깨어 있으라고 했다.

현실적으로 잠을 줄일 수 있는 묘책은 없을까. 우선 잠을 꼭 많이 자야 한다고 하는 고정관념에서 벗어나야 한다. 해인사에서 성철 스님을 모시고 공부할 때 하루에 5시간 이상 자지 못하게 하였다. 그래서 그 당시 해인사 선방에서는 밤 10시에 취침하여 새벽 2시에 일어났다. 그것이 당연한 일상사였으므로 크게 피곤하지 않았다. 그런데 만약 8시간 자야 하는데 4시간밖에 자지 못했다고 생각하면 심리적으로 크게 피곤할 터이다. 따라서 잠을 취미로 자는 습관을 고쳐야 하는 것이다.

일찍 자고 일찍 일어나면 잠이 준다. 옛말에 잠은 잘수록 는다고 하였다. 이런 까닭에 규칙적인 수면을 취하면 정신이 맑아져서 스스로 잠을 조절할 수 있게 된다. 현대인들의 생활습관을 보면 대부분 야행성이다. 늦은 밤까지 술을 마시거나 컴퓨터 앞에서 밤을 지새운다. 이런 생활 자체가 수면 부족을 불러온다. 다시 말해 우주의 에너지 리듬에 역행하는 삶의 방식이다. 우주의 기운과 동행하려면 적어도 밤 10시 이전에는 잠자리에 들어야 옳다.

다음은 잠에 대한 『법구경』의 유명한 경문이다.

"일어나 앉아라.
잠을 자서 무슨 이익이 있겠느냐.
사왕死王이 노려보고 있는데
잠드는 게 웬 말인가.
짧은 세월을 헛되이 보내지 말라.
죽어 지옥에 떨어질 땐 후회하리니."

잠을 자면 부처가 떠난다

사람이 70년을 산다고 가정할 때, 잠자는 시간이 하루 8시간이면 인생의 3분의 1인 대략 23년을 잠으로 보내게 된다. 만약 하루에 한 시간씩 잠자는 시간을 줄인다면, 평생 동안 약 3년 정도 잠자는 데 시간을 낭비하지 않고 살 수 있다는 계산이 나온다.

예로부터 수행자들은 잠을 줄이기 위해 여러 가지 방법을 강구해 왔다. 특히 해인사 지족암에서 정진하였던 일타 스님은 쏟아지는 잠을 이기기 위하여 특단의 조치를 하신 분으로 잘 알려져 있다. 면도칼을 실로 묶어 얼굴 앞에 길게 달아 놓았다. 바로 코앞에 면도칼이 대롱대롱 달려 있으니 살짝만 졸아도 얼굴에 상처를 입는다. 몇 번은 효과를 보았다. 그런데 며칠 지나니까 몸이 무의식적으로 면도칼을 피해서 졸더라는 것이다. 즉, 앞으로 고개를 숙이면 상처를 입는다는 것을 기억하고 나중에는 면도칼이 없는 옆을 향해 고개를 떨군다는 이야기다.

잠은 이렇게 끈질기게 공부를 방해한다. 잠에 빠지면 부처님이 떠난다고 하여

침구를 이불離佛이라고 부른다. 그래서 수행자들은 잠을 멀리하려고 이불 대신 가사를 덮거나 둥근 소나무 목침을 사용했다.

양산 수월사의 학림 스님은 잠을 억제하지 못할 때 이런 처방법을 제시했는데 매우 유익하게 참고할 만하다.

자신의 수면시간을 생각해 보라.
잠자다 소중한 물건을 도둑맞은 걸 생각해 보라.
밖에 불이 난 것도 모른 채 자는 걸 생각해 보라.
잠자다 공부 못한 것을 생각해 보라.
잠자다 약속 시간을 어긴 것을 생각해 보라.
악몽에 시달리는 걸 생각해 보라.
졸면서 운전하는 걸 생각해 보라.
가스레인지를 켜 둔 채 잠든 걸 생각해 보라.
잠든 사이 경쟁자가 노력하는 걸 생각해 보라.

이런 생각을 하면 자다가도 벌떡 일어나지 않겠는가. 이쯤 되면 이불 속에서 미적거리다가도 마음을 고쳐먹게 된다. 잠자고 싶은 현재의 욕망을 알아차리는 것은 미래에 일어날 수면욕을 다스리는 데 효과적이다.

혀 맛에 속지 말라

랍비가 어느 날 하인에게 시장에 가서 비싸고 맛있는 것을 사 오라고 했다. 그랬더니 하인이 혀를 사 왔다. 며칠 후 랍비는 다시 그 하인에게, 오늘은 좀 싼 것을 사 오라고 했다. 하인은 또 혀를 사 왔다. 그러자 랍비가 물었다.

"요전에 비싸고 맛있는 것을 사 오라고 하니까 혀를 사 오더니, 오늘은 싼 것을 사 오라고 했는데 또 혀를 사 오다니 어찌된 일인가?"

하인이 대답했다.

"혀가 아주 좋으면 그보다 더 좋은 것이 없고, 혀가 나쁘면 그보다 더 나쁜 것이 없기 때문입니다."

음식의 맛은 혀가 결정한다. 가장 맛있는 음식도 혀에 달려 있고 가장 맛없는 음식도 혀에 달려 있다. 식탐은 혀에 속아서 생겨나는 병이다. 우린 몸이 원하는 음식보다는 혀가 원하는 음식에 매달리는 경우가 많다. 몸에 좋은 음식이라도 혀가 거부하면 목 안으로 넘기기가 쉽지 않다. 반면 몸에 좋지 않은 음식일지라도 혀가 달다고 신호를 보내면 그 음식을 즐긴다. 따라서 음식 맛의 기준은 혀에 있다. 결국 혀를 즐겁게 해 주기 위해서 음식을 먹는다고 봐야 한다.

백과사전에서 '식탐'을 검색해 보면 '도깨비의 성격 가운데 하나'라는 설명이 나온다. 본디 도깨비는 먹을 것을 좋아한단다. 그 중에서 특히 좋아하는 음식은 메밀묵. 부자가 되고 싶거나 튼튼한 보를 쌓고 싶으면 도깨비를 찾아 메밀묵을 대접하면 된다는 말도 있다. 그런데 자신의 양에 차지 않게 대접하면 심술을 부린다고 한다.

즉, 사람이 식탐을 느끼는 것은 도깨비 마음이다. 마치 도깨비가 심술부리듯 속을 채우고자 하는 욕심이다. 앞서 말한 것처럼 혀로 느끼는 욕심이 식탐이다. 배는 부른데, 입은 당긴다. 이것은 인간의 마음이 아니라 어디까지나 도깨비 마음이다. 무언가에 씌어서 허겁지겁 먹는 것을 일러 걸신乞神 들렸다고 표현한다. 걸신처럼 먹는 것은 도깨비 마음이다. 따라서 직립하고 사는 인간으로서 도깨비 마음으로 허겁지겁 먹는다면 스스로의 식생활 습관을 돌아보아야 할 것이다. 오늘도 우리는 혀에 속아서 음식을 먹고 있다.

식탐을 줄이는 데는 그 과보를 생각하는 일이 우선이다。
동물들의 선한 눈망울과 그들의 슬픈 눈물을 떠올려 보라。
스스로 육식을 자제할 수 있을 것이다。

너희를 가만두지 않을 것이다

명나라 때의 운서 주굉 스님은 81세로 입적할 때까지 방생을 권장하는 글을 많이 남겼다. 특히 그는 채식을 권하면서 육식을 금할 것을 고구정녕 주장하였다. 다음 글은 스님께서 자라, 거북, 개구리 따위를 물이 펄펄 끓는 솥에 산 채로 넣고 삶는 사람들에게 했던 말이다.

"저 중생들의 힘이 너희만 못하고 또 감각기관이 보잘것없어서 소리를 지를 줄 모를 뿐이지, 만약 힘으로 대적할 수 있다면 반드시 범처럼 너희를 잡아먹을 것이요, 소리를 지를 줄 알면 너희를 원망하고 고초를 당하면서 내는 소리가 천지에 진동할 것이다. 너희가 비록 지금은 그 과보를 피할 수 있을지 모르나 언젠가는 저 중생들이 너희를 가만두지 않을 것이다."

정말 소름이 돋는 지적이다. '너희를 가만두지 않을 것이다!'라는 고함이 귓가에 맴도는 것 같다. 요즘은 이보다 더했으면 더했지 덜하지 않을 것이다. 살아 꿈틀거리는 생명을 뜨거운 물에 넣고, 박수 치며 익을 때까지 군

침을 흘리는 게 우리들의 표정이 아니던가.

식탐을 줄이는 데는 그 과보를 생각하는 일이 우선이다. 동물들의 선한 눈망울과 그들의 슬픈 눈물을 떠올려 보라. 스스로 육식을 자제할 수 있을 것이다. 주광 선사는 채식을 거듭 강조하고 있다.

"사슴은 짐승 가운데 가장 오래 사는 동물이지만 먹는 것은 풀뿐이요, 호랑이는 고기를 먹지만 사슴보다 오래 살지 못한다. 사람인들 어찌 그와 같지 않겠는가?"

사람들이 채식을 꺼리는 데는 두 가지 이유가 있을 듯하다. 하나는 입을 즐겁게 하는 고기 맛을 탐해서요, 또 하나는 채식으로 몸이 부실해지지 않을까 하는 염려에서 비롯되었을 것이다. 그러나 어찌 육식만이 건강의 지름길일까. 채식을 멀리하고 육류 맛에만 탐착한다면 그것은 조화롭지 못한 식욕에 무한정 노출된 삶이다.

부를 자랑하기 위해 음식을 차려선 안 된다

어떤 사람이 나이도 많고 벼슬도 높은 귀인으로부터 식사 대접을 받게 되었다. 그는 진수성찬을 기대했으나 차려 내 온 음식은 거친 현미밥과 나물국이 고작이었다. 그러나 그는 매우 탄복했다.

위대한 명상가였던 아난다 무르띠는 이렇게 말했다.

"만약 어떤 사람이 진심어린 마음으로 저녁 식사에 그대를 초대했다면 보잘것없는 음식이라도 즐겁게 먹어야 한다. 반면 부를 자랑하기 위하여 초대했다면 그런 음식은 절대로 먹지 말아야 한다."

진수성찬이 꼭 기름진 고기반찬을 말하는 것은 아니다. 남의 목숨을 담보로 해서 조리한 음식은 그다지 좋은 것이 못 된다. 이제는 먹는 일에도 아힘사의 정신이 요구된다. 다시 말해 비폭력의 식단을 준비해야 한다는 말이다. 채식주의자들은 아힘사의 정신을 이렇게 설명한다.

"첫째, 야채를 구할 수 있으면 동물을 죽이는 일은 피해야 한다. 둘째, 동물을 죽일 때는 이 동물을 죽이지 않고 살아갈 수는 없는가를 진지하게 고려해야 한다."

요즘은 거친 음식이 웰빙 식단으로 각광 받는 시대다. 이제는 손님 대접에서 거품을 뺄 때도 되었다. 너무 많이 차리는 것도 자원 낭비다. 날마다 쏟아지는 음식물 쓰레기는 우리들 식탐의 결과다.

절집의 밥상 원칙은 1식食3찬饌이다. 밥, 국, 반찬 세 가지면 충분하다. 산해진미는 보기에는 좋으나 우리의 위장이 감당해 내지 못한다. 음식을 버리는 과보로 다음 생에 기아와 흉년의 세상에 태어난다 하였다. 기름진 음식보다는 거친 음식이 생명 밥상이다.

너의 위를 동물의 묘지로 만들지 마라

영국 출신의 극작가 조지 버나드 쇼는 "우물쭈물하다가 내 이럴 줄 알았다"는 묘비명을 쓴 것으로 유명하지만 그가 채식가였다는 것은 잘 알려지지 않았다. 그는 이런 명언을 남겼다.

"우리 자신이 도살당한 동물의 무덤이나 다름없는데 어떻게 지구상에 이상적인 사회가 건설될 것인가? 나는 동물들의 친구다. 나는 나의 친구를 잡아먹지 않는다."

땅에 묻혀야 할 동물들의 시신을 우리가 먹고 있으니 우리들 자신이 그들의 무덤이 아니고 무엇인가. 참으로 독설가다운 비평이다. 이슬람에서도 "너의 위胃를 동물의 묘지로 만들지 말라"고 충고하고 있다. 이 한마디에도 식욕이 반감되지 않는다면 그대들은 너무 잔인하다.

인간들의 식탐을 채우기 위해 어떤 일이 벌어지는가. 육류 소비가 늘어갈

수록 기아에 허덕이는 인구가 늘어난다. 육류 음식이 비경제적이고 비효율적인 음식이란 것은 익히 알고 있다. 전 세계적으로 굶주림으로 고통 받는 수많은 사람들이 있는데 몇몇 부유한 나라가 고기를 먹기 위하여 귀중한 땅과 물을 소모한다는 것은 생각해 볼 일이다.

어느 영양학자는 육류 생산을 10%만 줄여도 6천만 명이 먹고 살기에 충분한 식량이 생긴다고 했다. 불평등한 식탐의 결과로 한쪽에서는 풍요로 죽어 가고 다른 한쪽에서는 한 그릇의 밥이 없어서 죽어 간다. 이것은 육식 위주의 식생활이 가져온 기이한 현상이다.

이제는 육식의 비참한 결과와 채식의 유용성에 대해서 생각해 보아야 할 때다. 하루에도 수백만 마리의 동물이 식탁에 오르기 위해 목숨을 잃는다는 것을 알고 있는가. 집에서 키우는 개나 고양이가 죽었다고 가슴 아파하는 사람들도 태연하게 고기를 먹는 것을 어떻게 설명해야 하는지 묻고 싶다. 우리가 육식을 즐길수록 동물들이 살육당하는 것을 간접적으로 지원하는 결과를 초래한다. 이것으로도 육식을 줄일 이유는 충분하다.

밥투정을 하지 말라

옛 선비들은 '사재思齋처럼 먹고 괴애乖崖처럼 자라'는 신조를 목숨처럼 여겼다.

괴애는 세조 때 학자 김수온(金守溫, 1410~1481)이다. 그의 수면법은 '쥐는 잠을 자지 않기에 그보다 일찍 일어날 수 없지만, 소보다 늦게 일어날 수 없어 평생 축시(丑時: 새벽 1~3시)에 일어난다'는 것이었다. 그러므로 소보다 늦게 일어나면 괴애처럼 자는 게 아니다.

중종 때의 선비인 사재 김정국(金正國, 1485~1541)은 다섯 가지 반찬으로만 밥을 먹는 것으로 유명했다. 어느 날 밥상에 반찬이 세 가지만 올라와 있는 것을 보고 제자가 물었다.

"다섯 가지 반찬이라고 들었는데 왜 거짓말을 하시는지요?"

그러자 사재가 웃으면서 말했다.

"배고플 때 먹으니까 '시장'이 하나의 반찬이요, 따뜻한 밥을 먹으니 그것이 또 다른 한 가지 반찬일세."

시장기가 반찬이 되고 따뜻한 밥 한 그릇이 고마울 때가 있다. 그게 제일 중요한 반찬이다. 설령, 다른 반찬이 수십 가지라 해도 이 두 가지가 빠지면 성찬이 무슨 위로가 되겠는가.

빈방에 혼자 앉아 찬밥 한 덩이를 물에 말아 먹어 본 적이 있다면 이 두 가지가 왜 반찬이 되는지 알 것이다. 어머니의 정성은 이 세상 그 무엇에도 견줄 수 없는 최상의 반찬. '사재처럼 먹으라!' 밥투정을 하기 전에 꼭 새겨야 할 고사古事다.

단맛이 사람을 망친다

형제가 있었다. 그들은 똑같은 음식을 먹었는데, 형은 하나의 그릇에 먹고 동생은 두 개의 그릇에 먹었다. 형은 한 개의 그릇에 단 음식과 쓴 음식을 함께 담았고 동생은 두 개의 그릇에 따로 담았다.

세월이 흘러 동생은 허약해지고 형은 건강해졌다. 동생이 형에게 물었다, 형의 건강비결이 뭐냐고. 형은 그 비결을 간단히 일러주었다.

"나는 한 그릇에 쓴맛과 단맛을 다 섞어서 먹었고, 너는 두 그릇에 나누었기 때문에 단것만 먹어서 그렇다."

어느 시대를 막론하고 편식과 과식은 건강의 적이다. 그 옛날 중국의 절간에서는 밤에 지어 먹는 밥을 두고 '방참반放參飯'이라 했다는데 한낮의 공양보다 성찬이었다고 한다. 지금으로 말하자면 야식인 셈인데, 그 메뉴가 지나치게 사치스러웠나 보다.

고인의 말씀처럼 언제나 부족한 것이 '뱃속의 욕심을 줄이는 일'이다. 뱃속이 쉬 만족할 줄 모르면 그것도 욕심이다. 식탐이 과식을 초래한다는 것을 잘 알 것이다.

요가 경전에 의하면, 아무리 건강에 좋은 음식이라도 과식하게 되면 몸속에 정체된 상태로 남아 있기 때문에 몸과 마음을 거칠게 만든다고 한다. 그러므로 요기들은 위의 2분의 1은 음식으로, 나머지의 2분의 1은 물로, 남은 2분의 1은 맑은 공기로 채우라고 말한다.

아무리 잘 먹어도 과식은 독이 된다. 그래서 의학의 스승 히포크라테스는 이런 말을 남겼다.

"당신이 먹는 음식이 약이 되어야 하고, 약은 음식이 되어야 한다."

삶의 목표는 소유가 아니다

노자의 말씀인 것으로 기억한다.

"만족할 줄 모르는 것이야말로 가장 큰 재앙이다."

인디언들은 소유에 집착하는 것이야말로 인간의 가장 큰 약점이라 믿었다. 물질적인 것을 뒤쫓으면 머지않아 영혼이 중심을 잃는다고 보았다. 따라서 인디언들은 어릴 때부터 자기가 가장 소중히 여기는 것을 남에게 줄 것을 교육 받고, 그리하여 일찍부터 주는 것의 기쁨을 알고 지낸다고 한다. 만일 아이가 사소한 물건에 집착하거나 어떤 것을 독차지하려는 성향을 보이면, 베풀 줄 모르는 욕심 많은 사람이 어떻게 손가락질을 받고 불행해지는가를 일깨워 주는 설화나 우화를 들려준다고 한다.

우리 문명인들과 대조되는 교육방법이다. 우리 주변에는 과연 욕심 많은 사람은 불행해진다고 자식에게 가르칠 부모가 있기는 한가. 넘치는 물량

공세가 우리 자녀들의 정신을 병들게 한다. 무엇이든 부족함 없이 자녀를 키우는 것이 부모로서의 올바른 역할인지 반성해야 할 시점이다.

인디언 부족인 수우족의 삶의 목표는 '소유하는 것'이 아니라 '존재하는 것'이라고 한다. 그래서 그들은 그 어떤 삶의 질곡이나 슬픔도 두려워하지 않고 그 과정으로 받아들인다. 삶의 목표는 물질의 소유가 아니다. 문명의 시대를 살고 있는 우리들이 저들보다 더 불행한 것은 존재의 삶을 거부하고 있기 때문이다.

인디언 부족인 수우족의 삶의 목표는
'소유하는 것'이 아니라 '존재하는 것'이라고 한다.
그래서 그들은 그 어떤 삶의 질곡이나 슬픔도
두려워하지 않고 그 과정으로 받아들인다.

무서운 도적이다

붓다가 제자들과 길을 걷다가 풀 속으로 들어간 일이 있었다. 그때 제자가 붓다에게 여쭙기를 "왜 길을 버리고 풀 속으로 들어가나이까?" 하였다.

붓다의 대답은 이러했다.

"이 앞에 도적이 있다. 뒤에 오는 세 사람은 저 도적에게 잡힐 것이다."

어떤 도적이었기에 붓다조차 무서워서 숲으로 몸을 숨겼던 것일까. 제자들은 몹시 궁금했는데 잠시 후에 이런 일이 벌어졌다.

붓다의 뒤에서 오던 세 남자가 길가에 떨어져 있는 금덩이를 보고 그것을 주워 나누어 가졌다. 그리고 그 중 한 사람에게 마을에 가서 밥을 사 오라고 했다. 그 한 사람은 밥에 독약을 넣으면서 '두 사람을 죽이면 금은 모두 나 혼자 차지할 수 있다'고 생각했다. 남아 있던 두 사람도 나쁜 생각이 들어, 그 한 사람이 오는 것을 보고 힘을 합쳐 죽여 버린다. 그런 뒤 두 사람은 그 한 사람이 가지고 온 밥을 나누어 먹었다. 독약이 든 밥을 먹은 두 사람이 차례차례 죽게 된다. 결국 금덩이 때문에 세 사람이 다 죽게 된 것이다.

이러니 어찌 저 금덩이가 무서운 도적이 아니겠는가. 멀쩡한 사람을 눈멀게 하고 목숨까지 잃게 만들었으니. 그래서 붓다는 다른 길로 피했던 것이다. 재물은 우리를 해치는 도적이나 다름없다는 가르침.

해인사의 암자 가운데 화엄학의 대종장大宗匠이었던 희랑 조사의 이름을 따서 창건한 희랑대希朗臺라는 암자가 있다. 아주 오래전 이 암자에 살던 노스님은 날마다 불전佛前에 보시 올린 지폐를 곱게 펴서 다듬이 방망이로 때리고 맷돌로 눌러 놓았다고 한다. 그리고 그 이유를 물을 때마다 이렇게 대답했다.

"저 돈이 아주 독하거든! 그래서 독기를 빼기 위해 몽둥이로 때리고, 살기를 죽이기 위해 돌멩이로 눌러 놓는 것이지."

세상에 무섭기로 따지자면 재화보다 더한 게 없을 것 같다. 돈 때문에 살기도 하고 죽기도 하니까. 따라서 돈에 서린 사람들의 한恨과 독성은 이루 말할 수 없다. 지금의 우리들은 어떤가. 너나 할 것 없이 눈만 뜨면 '돈! 돈!' 하며 하소연하고 있다. 다시 말하지만, 재물만큼 무서운 독성을 지닌 물건은 없다. 조심하고 거듭 살펴야 할 물건이다.

작은 욕심이 큰 불행을 부른다

『백유경』에 이런 이야기가 있다.

어떤 부부가 떡 세 개를 얻게 되었다. 각자 한 개씩 먹고 나니 한 개가 남았다. 그런데 이 나머지 한 개를 서로 먹겠다고 옥신각신 입씨름을 벌이다가 내기를 하기로 했다. 즉, 두 사람 가운데 오랫동안 말을 하지 않는 사람이 떡을 먹기로 한 것이다. 떡 한 개를 차지하기 위해 두 사람은 그 시각부터 입을 굳게 다물었다.

그런데 그날 밤, 공교롭게도 도둑이 집에 들었다. 도둑이 들어왔는데도 그들은 입을 열지 않았다. 그들을 바보로 취급한 도둑이 마침내 부인을 겁탈까지 하려고 하는 상황에서도 남편은 바라보기만 했다. 참다못한 부인이 "도둑이야!" 하고 고함을 질렀다. 그때서야 남편은 손뼉을 치고 웃으면서 말했다.

"이 떡은 이제 내 것이다!"

작은 욕심이 때로는 큰 불행을 초래한다. 어리석음이 어디 이뿐일까. 조그마한

이권 때문에 불의를 보고 입을 열지 않는 정치적 논리를 지닌 이들이 많다. 사건의 핵심 인물이면서도 사소한 손익에 매몰되어 정의와 진실이 매도되는 일도 비일비재하다. 그러나 시간이 흐르면 그것은 일신의 화근이 되어 역사의 부메랑으로 돌아온다는 사실을 알아야 한다. 숲도 보아야 하고 나무도 볼 수 있어야 바른 안목이다. 그런데 사람들은 언제나 자신에게 유리한 방향으로만 보려 하기 때문에 늘 문제다. 우리들 인생에서 눈앞의 이익에만 급급하여 소탐대실하는 경우가 얼마나 많은가.

쥐면 쥘수록
미끄러운 게 재물이다

다산 정약용 선생이 유배지에서 두 아들에게 보낸 가훈 중에 이런 내용이 있다.

"세상에 옷이나 음식, 재물 등은 부질없고 가치 없는 것이다. 옷이란 입으면 닳게 마련이고 음식은 먹으면 썩고 만다. 재물 또한 자손에게 전해 준다 해도 끝내는 탕진되고 만다. 다만, 몰락한 친척이나 가난한 벗에게 나누어 준다면 영원히 없어지지 않을 것이다."

중국 춘추시대 노나라의 대부호였던 의돈猗頓은 몹시 인색하여 많은 재물을 창고 속에 감춰 두었지만 지금은 흔적도 없다. 그러나 중국 한나라 때의 소부疎傅는 황제에게 받은 재산을 친구들에게 나누어 주었기 때문에 그 황금이 지금까지 이야기로 전해 온다.

왜 그런가. 형태가 있는 것은 없어지기 쉽지만 형태가 없는 것은 쉽게 없어지지 않기 때문이다. 다산의 말처럼 스스로 재물을 사용해 버리는 것은 형태를 사용하는 것이고, 재물을 남에게 나누어 주는 것은 형태 없이 사용하는 것이다. 물질로써 향락을 누린다면 닳아 없어질 수밖에 없지만, 형태 없는 나눔의 기쁨을 누린다면 변하거나 없어질 이유가 없다.

불교에서 말하는 무주상無住相보시가 이런 의미이고, 경전에서 권장하는 무위법無爲法과 무루복無漏福이 바로 이런 이치다. 왼손이 하는 일을 오른손이 모르게 해야 보시의 공덕이 영원하며 그 가치는 세월이 지나도 무너지지 않고 기억된다.

다산은 재물에 대하여 이렇게 경고한다.

"꽉 쥐면 쥘수록 미끄러운 게 재물이니 재물이야말로 메기 같은 물고기라고나 할까!"

손에 쥐려 하면 더 빠져나가는 게 재물이다. 따라서 잡으려 하지 말고 놓으면 더 편안해진다.

밤톨 하나에도
서로 다툰다

다산 선생이 어느 저녁 무렵 어린애의 울음소리를 듣게 된다. 숨이 넘어갈 듯 자지러지는 울음소리라 다산 선생은 무슨 절박한 사연이 있는 듯해서 가까이 가 보았다. 어린아이는 무슨 억울한 일을 당한 듯이 팔짝팔짝 뛰면서 울고 있는 게 아닌가.

사연을 알아보았더니, 나무 아래서 밤 한 톨을 주웠는데 다른 사람이 빼앗아 갔기 때문이란다. 이 모습을 지켜보고 다산은 그의 일기에 이렇게 적었다.

"아! 세상에 이 아이처럼 울지 않는 사람이 몇 명이나 될까? 저 벼슬을 잃고 권세를 잃은 사람들, 재화를 손해 본 사람들과 자손을 잃고 거의 죽을 지경에 이른 사람들도 달관한 경지에서 본다면, 다 밤 한 톨에 울고 웃는 것과 같을 것이다."

인간사가 밤 한 톨을 가지고 다투는 세상이다. 이권이 개입되면 체면을 따지지 않고 이전투구의 현장이 되는 세상이다. 그러나 탈속한 성품에서 본다면, 크고 작은 욕심의 차이일 뿐 모두가 밤 한 톨 때문에 아이가 울고 있는 상황과 무엇이 다른가. 혹시 밤 한 톨 때문에 마음을 상한 적이 있다면 우린 형편없는 소인배다.

가난을 알면 부자다

하루는 두 사람이 랍비에게 의논을 하러 왔다. 한 사람은 그 마을에서 제일가는 재산가, 다른 한 사람은 그 마을에서 제일 가난한 사람.

두 사람은 대기실에서 기다리게 되었는데 부자가 좀 더 일찍 왔기 때문에 먼저 랍비의 방으로 들어가게 되었다. 그리고 한 시간이 지나서 방에서 나왔다. 다음으로 가난한 사람이 들어갔다. 그와의 면담은 5분으로 끝났다.

"저와는 5분밖에 걸리지 않았습니다. 그래도 공평한가요?"

랍비의 대답이 걸작이다.

"진정하시오. 당신의 경우는 자신의 가난함을 곧 알았지만 부자는 자신의 마음이 가난함을 알기까지 한 시간이나 걸렸기 때문이오."

이 이야기의 교훈은 재산의 유무에 따라 부자와 가난한 자가 구분되는 것이 아니라 자신의 분수를 아느냐 모르느냐에 따라 부자와 빈자가 된다는 것이다. 그렇다면 재산과 권력을 믿고 스스로 으스댄다면 그는 형식은 부자이지만 내용은 가난한 자다. 그러므로 부자가 스스로 가난하다는 것을 알기가 얼마나 어렵겠는가! 그래서 가난한 사람보다 부자와의 면담 시간이 더 길었던 것이다.

분명한 것은, 부자라도 자신의 분수를 모르면 그는 가난한 자요, 가난한 사람이라 하더라도 스스로 분수를 안다면 그는 부자다. 여기서 분수를 안다는 것은 마음이 가난해져야 한다는 뜻이다. 이를테면 물욕에 대한 집착이나 미련이 끊어지면 그것이 참다운 가난이다. 재산을 갖지 못해서 상대적으로 가난해진 것이 아니라 자신이 선택하는 스스로의 가난을 말하는 것이다. 따라서 마음이 가난해지면 재산 유무에 따라 일희일비하지 않는다. 결론을 내린다면, 가난, 즉 분수를 알면 그 사람은 부자다.

탐욕의 끝은 무덤이다

인간의 탐욕은 끝이 없다. 채우고 채워도 다 채울 수 없다. 욕심을 상징하는 한자인 '욕慾'은 '계곡에 황금을 다 채워도 모자란 마음'이라는 의미를 지니고 있다. 따라서 욕심에는 마침표가 없다고 한다.

여기에 탐욕에 관한 대표적인 일화가 있다. 러시아의 문호 톨스토이도 이 일화의 주제와 비슷한 작품을 쓰면서 "육체의 욕망은 늘 무언가 더 달라고 떼쓰는 아이와 같다. 많이 줄수록 더 많은 요구를 하고 그것은 끝이 없다"는 명언을 남겼다.

어떤 임금이 신하들을 모아 놓고 공표한다.

"나는 이 나라의 모든 땅을 그대들에게 나누어 줄 것이다. 내일 해가 뜰 때부터 해가 질 때까지 각자 땅을 재어서 돌아오라. 그 땅을 모두 하사하겠노라."

이런 횡재의 기회를 사람들이 놓칠 리가 없다. 한 평이라도 더 차지하기 위해 밥도 먹지 않고 숨을 헐떡이며 자기 땅이라는 표시를 하였다. 그런데 문제는 땅에 정신이 팔려 너무 멀리 갔다는 것이다. 그래서 대부분의 사람들이 해가 지기 전에 돌아오지 못하였다.

하지만 오직 한 사람은 돌아왔다. 임금은 그에게 "그 땅을 너에게 주노라"라고 선포하였다. 그러나 그는 다시 일어나지 못했다. 너무 체력을 소비하여 목숨을 잃은 것이었다. 실제로 그가 애써서 차지한 땅은 너비 두 자에 길이 여섯 자 크기였다. 그것은 그가 묻힐 무덤이었다.

욕심의 끝은 이렇다. 무심코 탐욕의 길을 좇다가 해가 지기 전에 돌아오지 못한다. 인간의 탐욕은 가장 아래 밑바닥까지 내려가기도 하고 하늘 꼭대기까지 오를 수도 있다. 이런 탐욕을 억제하지 못하고 소중한 일생을 그렇게 탐욕의 시간으로 허비하는 경우가 대부분이다. 설령 탐욕의 삶에 만족했다 하더라도 결국은 한 평도 안 되는 무덤의 주인공이 되는 게 전부다. 그러므로 삶의 과정이 욕심의 길이 된다면 너무 허망하다. 인생 반백이 넘으면 탐욕의 길을 멈추고 영적인 삶으로 돌아서야 한다.

인도에서는 쉰 살의 나이를 '바나플러스'라고 표현한다고 들었다. 이 말은 '산을 바라보기 시작하는 때'라는 뜻이다. 경쟁과 타성에 젖은 삶의 방식에서 벗어나 인생의 문제와 마주할 시기라는 의미이다. 산정山頂에서 발아래를 관조하듯이 지금까지 자신이 걸어온 길을 진지하게 성찰해 보라는 것이다. 그래서 머리가 희끗희끗해지는 나이가 되면 세속적 가치와 기준에서 벗어나 보라는 조언이기도 하다.

이제 탐욕의 삶이 아닌 영적인 삶으로 뚜벅뚜벅 걸어가야 할 때다.

걱정을 사서 한다

어떤 구두쇠가 마을의 큰 나무 밑을 파서 황금을 묻어 두었다. 그러고는 매주 그곳을 찾아 황금을 들여다보면서 매우 행복한 표정을 지었다. 그러던 어느 날 도둑이 그 사실을 알고 황금을 몽땅 훔쳐갔다. 구두쇠가 통곡을 하자 마을 사람들이 이렇게 위로해 주었다.

"어차피 쓸 것도 아닌데, 늘 그랬듯이 주말마다 이곳에 와서 텅 빈 구덩이를 들여다보면 되겠네."

『이솝우화』에서 만난 가르침이다.

재물의 가치는 얼마나 지녔느냐가 아니라 어떻게 사용하느냐에 달려 있다. 재물이 아무리 많다 하더라도 적절하게 사용하지 않고 모아 두기만 한다면 재물의 가치는 없는 것과 같다. 돈은 모으기 위해서가 아니라 쓰기 위해서 벌어야 하는 것이 경제 정의다.

금고가 가득 차 있으면 마음은 든든할지 몰라도 그동안은 금고를 지키는 노예가 된다. 평생토록 돈만 모으다가 한 푼 써 보지 못하고 눈 감은 이들이 많다. 재물에는 과실過失이 있기 때문에 지키는 일만이 능사가 아니다.

한자로 '탐낼 탐貪' 자는 '조개 패貝' 위에 '이제 금今' 자가 있고, '가난할 빈貧' 자는 '조개 패貝' 위에 '나눌 분分' 자가 있다. 이는 탐욕이 화폐를 계속 쥐고 있는 것이라면 청빈은 그것을 나눌 때 가능해진다는 뜻이다. 재물을 쓰지 않고 감추는 것은 스스로 소유의 골방에 갇혀 있는 꼴이다. 생선 옆에는 파리가 모이고 재물 옆에는 도둑이 있다는 말이 있다. 이 말은, 재물의 이면에는 재앙이 존재한다는 말이다.

"사람들은 재물이 쌓여도 쓸 줄을 모른다. 그래서 마음을 졸이고 걱정에 사로잡히면서 더욱 재물을 쌓으려 애쓴다. 걱정을 사서 하는 것이라 할 수 있다."

이 말은 장자의 충고다.

사람의 천적은 오직 욕심뿐이다

장자가 밤나무 숲을 거닐고 있을 때였다. 기이하게 생긴 까치 한 마리가 나뭇가지에 앉아 있는 걸 보았다. 호기심이 생긴 장자는 새총을 가지고 까치를 향해 살금살금 다가갔다. 바로 이때 장자는 나뭇잎 아래에 매미가 한 마리 있는 것을 보게 된다. 그 옆에서는 사마귀가 언제라도 매미를 덮칠 준비를 하고 있었다. 그런데 사마귀 역시 이 일에 정신이 팔려 자신이 위험에 처해 있다는 것을 알지 못했다. 방금 자신이 보았던 기이한 까치가 사마귀를 덮칠 준비를 하고 있었던 것이다.

장자는 이 광경을 보고 새총을 버리고 스스로 탄식했다.

"아아, 모두들 이익을 챙기느라 바빠서 그게 얼마나 해가 되는지 알지 못하는구나!"

자신의 이익에만 빠져 현재의 상황을 파악하지 못하는 경우가 얼마나 많은가. 지금의 일이 화를 불러올지 복을 불러올지를 알아야 한다. 당장의 이익에만 눈멀면, 등 뒤에 숨어 있는 불행을 보지 못한다.

탐욕은 다가올 결과를 예측하지 못하게 만드는 마취제다. 그래서 자신의 행동이 악인惡因이 되는 줄 모른다. 내가 지금 하고 있는 일이 어떤 상황인지 관망해 보아야 한다. 사람이 사람을 해치는 것은 욕심이 그 원인이 된다. 사람의 천적은 오직 욕심뿐이다. 거듭 돌아보고 조심할 일이다.

관을 덮을 때 알면 너무 늦다

『탈무드』에 이런 이야기가 있다.

여우 한 마리가 포도가 먹고 싶어서 포도밭 둘레를 돌며 그 안으로 들어가려 하고 있었다. 그런데 울타리가 쳐져 있어서 도무지 뚫고 들어갈 수가 없었다. 여우는 사흘 동안 굶어 몸을 홀쭉하게 한 뒤에야 가까스로 울타리 틈으로 들어갈 수 있었다.

포도밭으로 들어가자, 여우는 먹고 싶어 하던 포도를 소원대로 실컷 따 먹을 수 있었다. 그런데 울타리 밖으로 나오려 하니 배가 불러 빠져나올 수가 없었다. 결국 사흘을 굶어 다시 몸을 홀쭉하게 한 다음에야 간신히 빠져나올 수 있었다. 그러고 나서 여우는 생각했다.

'결국 배가 고프기는 들어갈 때나 나올 때나 마찬가지군.'

인생도 올 때와 돌아갈 때 똑같이 빈손이다. 사람은 태어날 때는 손을 꽉 쥐고 있으며 죽을 때는 손을 편다고 들었다. 이는 무엇을 뜻하는가. 많이 가지려고 세상에 왔지만 손아귀에 한 가지도 쥐고 가지 못하는 것이 인생이다. 세상에 올 때와 다른 게 있다면, 갈 때는 주머니 없는 거친 베옷 한 벌 입고 갈 뿐이라는 것.

불교 경전에는 어떤 노인이 죽음이 눈앞에 닥친 줄도 모르고 크고 화려한 집을 지어 떵떵거리며 살아 보려다가 서까래에 머리를 다쳐 목숨을 잃은 이야기가 나온다. 영원히 살 것처럼 욕심을 부리지 말라는 가르침이다.

신약성서에도 "우리가 세상에 아무것도 가지고 오지 않았으니, 또한 아무것도 가지고 가지 못한다"라고 쓰여 있다. 우린, 죽어서 한 줌의 흙으로 돌아갈 무상한 인생이다. 이러한 사실을 알면서도 이생을 하직하는 날까지 재물에 대한 미련을 버리지 못하는 것 또한 인생이다.

그래서 『채근담』에서는 "나무는 가을이 되어 잎이 다 떨어진 뒤에야 꽃피던 가지와 무성하던 잎이 모두 헛된 것이었음을 알고, 사람은 죽어서 관을 덮을 때가 되어서야 재물이 모두 쓸데없음을 안다" 했다. 그러나 관을 덮을 때 알면 너무 늦지 않겠는가.

삼성그룹 창업주 고故 이병철 회장은 그의 집무실에 '공수래공수거空手來空手去'를 써서 걸어둔 것으로 알려져 있다. 이 나라 제일의 갑부가 이 글귀를 좌우명으로 삼아 재물의 노예가 되는 것을 경계했던 것은 아주 인상적이다.

만승천자와 백만장자라 하더라도 죽을 때 돈을 싸 들고 가지 못할뿐더러 쓸 수도 없다. 그렇다면 돈이 인생의 전부라는 논리는 우리네 삶을 너무 쓸쓸하게 만든다. 돈 외에도 우리 일상을 행복하게 해 주는 요소가 많다는 것을 명심했으면 한다.

嗔

화내는 습관 다스리기

화는 눈덩이다. 자꾸 굴리면 커지지만 그냥 두면 작아져서 없어진다.

눈덩이가 녹고 나면 무슨 실체가 있던가.

화 역시 감정의 거품인 것이다.

따라서 화내는 자신을 알아차리면 화의 급류에서 벗어날 수 있다.

화를 내면 천사들이 사라진다

유대인 랍비와 그의 제자가 길에서 한 사람을 만났다. 그 사람은 랍비의 제자에게 무슨 오해가 있었는지 제자를 보자 대뜸 고자질을 잘하는 놈이라며 욕을 퍼부었다. 처음 몇 번까지 제자는 그의 욕설을 듣고만 있었다. 그러다가 참을 수 없었는지 제자도 그를 향해 욕을 해 대기 시작했다. 그러고는 스승에게 자신은 억울하다고 항변하였다. 스승은 아무 말도 하지 않은 채 그 자리를 벗어났다.

잠시 후, 아직 분이 풀리지 않은 얼굴로 제자가 스승의 방으로 들어왔다. 제자는 "그런 무례한 사람을 보고도 옆에서 거들지 않고 왜 가만히 계셨나요?" 하고 물었다. 그렇게 묻는 제자의 얼굴에는 서운함이 서려 있었다.

스승은 잠시 제자를 쳐다보더니 말했다.

"그 사람이 너에게 욕을 하기 시작했을 때 너는 아무 말 없이 꾹 참고 있었지. 나는 그때 네 주위에 천 명 정도의 천사들이 몰려 있는 것을 보았단다. 잠시 후

네가 그를 향해 대들기 시작하자 천사들은 순식간에 모두 사라져 버리더구나. 그래서 나도 네 옆을 떠난 것이란다."

화를 낸다는 것은 마음이 온통 분노로 가득 차 버리는 상태를 말한다. 무엇 하나 용납할 수 있는 공간이나 여유가 없다. 그러나 참는 순간에는 천사의 마음이다. 결국 화를 내느냐 안 내느냐는 천사가 이기느냐 악마가 이기느냐의 게임이다.

진심嗔心의 개념을 지닌 단어가 많다. 이를테면 화, 분노, 노여움, 증오 같은 것이다. 화를 의미하는 불교용어는 많지만 일반적인 용어는 팔리어 '도사dosa'이다. 이 말은 '더럽다' '흐려지다' '어둡다'라는 의미를 지녔다. 따라서 화내는 것은 마음이 어둠으로 가득 차 있는 것이라 할 수 있다.

사람의 독이 가장 무섭다

어느 병원 게시판에 이렇게 적혀 있었다.

"전갈에 물렸던 분이 여기서 치료를 받았습니다.
그분은 하루 만에 나아서 퇴원하였습니다.
어떤 분이 뱀에게 물렸습니다.
그분은 치료를 받고 3일 만에 건강한 몸으로 퇴원하였습니다.
어떤 사람이 미친개에게 물려 현재 10일 동안 치료를 받고 있는데
곧 퇴원할 것입니다."

그 다음에 실린 글은 이랬다.
"어떤 분이 인간에게 물렸습니다.
그 후 여러 주일이 지났지만 그분은 무의식 상태에 있으며,

회복할 가망도 별로 없습니다."

인간의 독이 제일 무섭고 독하다. 중국 배우 장쯔이가 주연을 맡았던 영화 '야연'을 보면 세상에서 가장 강한 독 이야기가 나온다. 황후가 황제를 암살할 독약을 구하기 위해 독약 판매상에게 사람을 보낸다. 그때 판매상은 대롱에 묻혀 귓속에 불어 넣기만 해도 죽일 수 있는 독약을 준다. 그러면서 약을 구하는 사람이 이보다 더 강한 독약이 없냐고 물었을 때 이렇게 말한다.

"세상에서 가장 강한 독은 인간의 마음이다."

본래 독약이 있는 것이 아니다. 사람의 마음이 독약을 만들었다. 그러니까 세상의 독약은 사람의 마음인 것이다. 독을 지닌 동물에게 물린 상처는 시간이 지나면 아물지만 사람에게 해를 입으면 그 독은 쉽게 제거되지 않는다.

그 독을 제거하는 것은 '용서'이다. 사람이 화를 낼 때나 앙심을 품을 때의 독은 그 어떤 것보다 독성이 강하다는 것을 알아야 한다.

화는 화禍를 불러온다

옛날 어떤 비구가 고요한 나무 아래에 앉아 수행을 하고 있었다. 그 나무 위에 있던 원숭이는 비구가 아래에서 밥을 먹는 것을 보고 내려와서 그 곁에 머물렀다. 비구는 남은 밥을 원숭이에게 주었다. 원숭이는 밥을 얻어먹고는 곧 물을 길어 와서 비구가 손을 씻도록 해 주었다.

이렇게 하기를 여러 달이 지났다. 어느 날 비구가 밥을 먹을 때 그만 원숭이를 잊고 밥을 남기지 않았다. 밥을 얻어먹지 못한 원숭이는 매우 화를 내며 비구의 가사를 나무 위로 가지고 올라가서 찢어 버렸다. 이것을 본 비구는 화가 나서 원숭이를 지팡이로 때렸는데 정통으로 맞아 이내 원숭이가 죽고 말았다.

여러 원숭이들이 몰려와 시끄럽게 떠들면서 죽은 원숭이를 메고 절로 갔다. 대중은 반드시 무슨 까닭이 있음을 알고 여러 비구에게 이유를 물었다. 수행하던 비구가 그 사실을 자세히 말했다. 그 후 이런 법규가 세워졌다.

“오늘부터 비구들이 밥을 먹을 때는 다 먹지 말고 모두 그 일부를 덜어 남겨 두었다가 다른 동물들에게 주어야 할 것이다."

양보와 배려는 화를 멈추게 하지만 이기와 질투는 화의 근원이 된다. 다정했던 수행자와 원숭이가 왜 저렇게 되었을까. 아무리 좋고 다정한 사이라 하더라도 화를 참지 못하면 그 관계는 순식간에 금이 가고 깨어진다.

주먹질이나 살인도 알고 보면 화를 참지 못해서 일어난다. 가깝고 친한 사이일수록 화의 폭발력은 더 강하다. 그래서 마하트마 간디도 그의 일기에 "가까운 친족에게 화내지 않는 사람은 믿을 만하다. 낯모르는 사람에게 자기 성미를 억제하는 것은 누구나 할 수 있다"고 적었는지 모른다.

화는, 순식간에 화禍를 만든다. 화가 분출되는 데는 0.1초도 안 걸린다. 그리고 그 다음부터는 제어가 되지 않는 게 화의 특성이다. 친한 사이일수록 화를 내지 않아야 하는데 그 참는 것이 어렵다. 러시아의 작가 막심 고리키는 이런 말을 했다.

"욕설은 한꺼번에 세 사람에게 상처를 준다. 욕을 먹는 사람, 욕을 전하는 사람, 욕을 한 사람. 그 중에서 가장 심하게 상처를 입는 사람은 욕설을 한 그 자신이다."

만질수록 더욱 커진다

헤라클레스가 어느 날 좁은 길을 가고 있었다. 그런데 한참 가다 보니 길 한가운데에 사과 크기만 한 물건이 하나 떨어져 있었다.

"아니, 감히 천하에서 제일 힘센 나의 앞길을 방해하다니. 에잇!"

그는 발길로 그 물건을 툭 찼다. 그러자 사과만 하던 물건이 어느새 수박처럼 커졌다.

"어, 이게 뭐야. 나를 놀리네."

흥분한 헤라클레스는 다시 그것을 힘껏 차 버렸다. 그랬더니 이번에는 바위만큼 커졌다. 더욱 열이 오른 헤라클레스. 이번엔 쇠몽둥이를 휘둘렀지만 그것은 깨지지 않고 더 커져서 마침내 좁은 길을 막고 말았다. 너무 화가 난 그는 웃옷까지 벗고 한참 동안 그것을 집어던지려고 애썼다. 그럴수록 그 물건은 더 커져서 결국 산더미만 해졌다.

그런 헤라클레스 앞에 아테네 여신이 나타나서 말한다.

"그것을 더 이상 건드리지 마세요. 그것은 당신 마음속에 있는 화와 같아서 건드리지 않고 두면 작아지지만 건드리면 건드릴수록 커집니다."

화는 낼수록 커지는 법이다. 작은 일로 시작했다가 화가 점점 불어나서 자신이 통제할 수 없는 지경까지 가는 경우가 허다하다. 그래서 화가 나는 순간 멈추어야 옳다.

그런데 두 번 세 번 진심嗔心을 내다 보면 자신도 모르게 평정심을 잃고 점점 더 진노하게 된다. 화내는 마음이 자신의 마음을 다 태울 때까지 방치하면 어리석다. 한 소절만 해야 지혜롭다.

화는 눈덩이다. 자꾸 굴리면 커지지만 그냥 두면 작아져서 없어진다. 눈덩이가 녹고 나면 무슨 실체가 있던가. 화 역시 감정의 거품인 것이다. 따라서 화내는 자신을 알아차리면 화의 급류에서 벗어날 수 있다.

참는 자가 이긴다

『법구경』에는 여러 주제가 있지만 그 가운데 '성냄'에 관한 게송이 수두룩하다. 초기 불교의 잠언집이라 할 수 있는 이 『법구경』의 원 이름은 '담마파다', 즉 '진리의 말씀'.

달리는 수레를 멈추게 하듯
끓어오르는 분노를 다스리는 이를
나는 진짜 마부라고 부르겠다.
다른 사람은 고삐만을 쥐고 있을 뿐이다.

누가 화를 달랠 것인가. 오직 자신뿐이다. 스스로를 달래고 화의 근원을 살펴야 한다. 『법구경』에서는 이렇게 가르친다.

부드러운 마음으로 성냄을 이기라.
착한 일로 악을 이기라.
베푸는 일로써 인색함을 이기라.
진실로써 거짓을 이기라.

이 속에 정답이 있다. 원인을 따져 보면, 분노를 참지 못하는 것은 부드러운 마음이 없기 때문이다. 자애로운 마음만이 분노를 이길 수 있다. 어머니가 어린 자식에게 화를 잘 내지 않는 것은 이런 이치에서다. 이것이 화를 다스리는 처방전이다.

분노하지 않고 청정하며
허물없는 그런 사람에게 화를 내면
그 악은 바로 어리석은 자에게 돌아가나니
마치 바람을 향해 던진 먼지처럼.

『법구경』의 결론은 이렇다. 참았다고 해서 결코 손해를 보는 것이 아니라는 말이다. 상대방이 나에게 화를 내더라도 그 상황에 개입하지 않으면 결국은 화를 낸 사람만 어리석게 된다. 불어오는 바람을 향해 모래를 던지면 자신이 뒤집어쓰는 것과 같다. 마찬가지로 화를 낸 사람이 더 상처를 입는다는 뜻. 그러므로 화를 참는 자가 이기는 것이다.

화를 내어 무엇할 것인가

인도의 티베트 정착촌을 여행하던 어느 작가가 아침에 일어날 때마다 웃는 한 청년에게 그 이유를 물었다.

"아침에 일어나자마자 하는 첫 행동이 선하지 않다면 나머지 하루는 어떻게 보내겠습니까!"

이 대답 속에서 우리들은 얼마나 웃고 시작하는지 성찰해 봐야 한다. 웃지 않는다는 것은 화가 잠재된 표정이나 다름없다. 그래서 웃는 사람보다 웃지 않는 사람이 화를 낼 확률이 훨씬 높다.

어느 기업 광고에서 인생을 80년을 산다면 26년 잠자고, 21년 일하고, 9년을 먹고 마시지만 웃는 시간은 겨우 20일뿐이라고 했다. 웃지 않는다는 것은 짜증내고 미워하고 분노하는 세월이 많다는 뜻이다. 어떤 조사에 따르면 화내는 데 5년, 기다리는 데 3년을 소비한다고 한다. 실제로 화내고 증오하는 시간은 이보다 더 많을지 모른다.

티베트와 가까운 곳에 위치한 라다크 사람들이 가장 싫어하는 욕은 "저 사람은 화를 잘 내는 사람이야!"라는 말이다. 이 말이 그 사람들에게는 가장 심한 모욕이란다. 화를 낸다는 것은 경멸 받을 만한 인격이라는 것이다. 깊이 공감한다. 때론 화내는 일을 통해 그 사람의 인격이 드러나기도 하니까.

티베트의 수행지침서 『청정도론』을 보면 우리에게 이렇게 물어본다.

"여보게, 그에게 화를 내어 무엇할 것인가?

화냄으로 인한 그대의 업이 장차 그대를 해로움으로 인도하지 않겠는가?"

화를 내는 일의 최대 피해자는 자기 자신이다. 설령 내가 누군가를 향해 시원하게 욕을 해 주었다 하더라도 언젠가는 나도 그런 욕을 먹을 수 있다. 모든 것에는 메아리가 있으니.

분노로 인생을 채우지 말라

현존하는 종교 지도자 가운데 티베트 민족의 활불活佛, 14대 달라이 라마만큼 널리 존경 받는 인물도 드물다. 그의 생애는 고난과 역경의 연속이었고 그가 처한 운명은 분노와 절망의 상황이었다. 그렇지만 이제는 자비와 평화를 상징하는 노벨평화상 수상자가 되었다. 자신의 조국을 빼앗은 중국을 용서하기까지 그도 인간적인 번뇌가 많았을 것이다. 그가 들려준 고백은 이렇다.

"나는 어릴 때 성질이 급하고 화를 잘 내던 사람이었습니다. 그때와 비교하면 정말 인간이 되었다고 말할 수 있습니다. 나는 눈에 띌 만큼 고귀한 사람이 되었다고 할 수는 없지만 아주 조금씩 선하고 긍정적으로 변한 것 같습니다. 일상에서 어려운 일이 닥칠 때 예전보다 선한 방식으로 마음을 쓰는 것을 지켜볼 수 있습니다. 행복하고 착한 삶을 살겠다는 노력을 그치지 않는다면 여러분은 나보다 더 고귀한 사람이 될 수 있습니다."

우리의 마음이 분노로 가득 차 있는 한 결코 평화와 행복을 누릴 수 없다. 마음속에 분노가 도사리고 있으면 즉시 호흡이 거칠어지고 심장 박동이 빨라진다. 티베트 불교 경전에서는 이생에서 화를 낸 결과로 다음 생에는 못생긴 사람으로 태어난다고 적고 있다. 그도 그럴 것이 화를 내는 표정은 누구나 보기 싫고 추하다. 그래서 찌푸린 습관 때문에 다음 생에 못생긴 얼굴을 지니게 되는 것은 당연한 일.

고양이 같은 짐승들도 매우 흉한 모습으로 분노를 표현한다. 사람 또한 화를 내면 얼굴이 다른 모습으로 바뀐다. 지금까지 화내는 얼굴이 멋있고 매력적이라는 말은 듣지 못했다. 그만큼 화내는 표정은 상대방을 불쾌하게 만든다.

달라이 라마는 분노의 결과를 너무나 잘 알고 있다. 장기적으로 볼 때 분노는 스스로에게 고통만 줄 뿐 달라지는 것은 없다. 이미 당해 버린 피해에 대해서는 수용하고 인정하는 명상이 그래서 필요하다. 티베트 불교 경전에는 "분노를 수행에 이용한다"는 말이 있다. 분노의 상황에도 흔들리지 않는다면 그 분노의 상황이 그 사람을 공부시킨 것이다. 그래서일까, 달라이 라마는 나라 잃은 조국에서 살고 있는 티베트의 청소년들에게 이렇게 용기를 주었다.

"적을 향한 분노와 절망으로 중요한 인생을 채우지 마라."

혀처럼
부드러워야 한다

유대교의 랍비가 학생들을 위해서 만찬을 베풀었다. 소의 혀와 양의 혀로 만든 요리가 나왔는데 그 중에는 딱딱한 혀와 부드러운 혀가 있었다. 학생들은 다투어 부드러운 혀만을 골라서 먹으려 했다. 그러자 랍비가 말했다.

"자네들도 혀를 언제나 부드럽게 간직하게. 딱딱한 혀를 가진 사람은 남을 화나게 하거나 불화를 가져오는 법이니까."

우리들도 그렇다. 부드러운 음식을 좋아하면서 자신의 혀는 언제나 딱딱하다. 깊이 생각해 볼 일이다. 부드러운 말은 상대방을 화나게 하지 않는다. 그러나 딱딱한 말은 자신은 물론 상대방의 기분까지 망쳐 놓는다. 그러므로 일상에서 혀는 늘 부드러워야 한다. 남의 부드러움을 바랄 것이 아니라 내가 먼저 부드러워져야 하는 것이다.

혀를 부드럽게 하라. 이것은 스스로 화를 내지 않는 방법이기도 하지만

자네들도
혀를 언제나 부드럽게 간직하게.
딱딱한 혀를 가진 사람은
남을 화나게 하거나
불화를 가져오는 법이니까.

남을 화나게 하지 않는 비결이기도 하다.

유대인에게는 사람을 평가하는 세 가지 기준이 있다. 돈을 넣는 주머니와 술을 마시는 주머니와 화를 내는 주머니를 보는 것이다. 즉, 돈을 어떻게 쓰느냐, 술을 마시는 매너는 어떤가, 화를 얼마나 잘 참는가를 살펴보는 것이다. 이 세 가지 마음 주머니를 보고 그의 됨됨이를 평가한다. 그러니까 화를 낸다는 것은 이미 평가 기준에서 보면 실격이다.

화가 날 때는 숫자를 세어라

랍비 힐렐Hillel은 지금으로부터 2천여 년 전에 바빌로니아에서 태어났다. 힐렐은 천재였으며 점잖고 예의 바른 사람이었다. 오늘날 힐렐의 말은 유대인 사회에서 가장 많이 전해지고 있다. 한번은 짓궂은 남자들이 모여 힐렐을 화나게 할 수 있느냐 없느냐를 가지고 내기를 걸었다.

힐렐이 목욕탕에 들어가 몸을 씻고 있을 때였다. 한 남자가 와서 문을 노크했다. 힐렐은 젖은 몸을 수건으로 닦고 대충 옷을 걸친 다음, 문을 열고 나갔다. 그러자 그 남자는 밑도 끝도 없이 "사람의 머리통은 왜 둥급니까?"라고 물었다. 힐렐이 그의 질문에 정중히 대답해 주고 다시 목욕탕으로 돌아가자 그 남자는 다시 문을 노크하였다.

이번에는 "흑인은 왜 살갗이 검지요?"라고 물었다. 힐렐이 왜 살갗이 검은가를 열심히 설명해 주고 다시 목욕탕으로 돌아가자 또 노크 소리가 들려오고 그 남자는 비슷한 질문을 같은 식으로 해 왔다. 화를 돋우기 위하여

불필요한 질문을 계속한 것이다.

이런 일이 무려 다섯 번이나 되풀이되었다. 그럴 때마다 힐렐은 여전히 젖은 몸을 닦고 옷을 걸치고 목욕탕을 나와 부드러운 말로 남자의 질문에 대답해 주었다.

마침내 그 남자가 화가 나서 말했다.

"당신 같은 사람은 차라리 없었더라면 좋았을 것이오. 나는 당신 때문에 많은 돈을 잃었단 말이오."

그를 보며 힐렐이 대꾸했다.

"내가 인내력을 잃는 것보다 당신이 돈을 잃는 편이 낫지요."

인내력의 척도는 화를 내느냐 화를 내지 않느냐에 달려 있다. 아마도 누구나 저 힐렐과 같은 상황이면 짜증을 내거나 성질을 부렸을 것이다. 오히려 시험하던 사람이 참지 못해 화를 내었으니 상대방은 돈을 잃었지만 힐렐은 소중한 것을 얻은 셈이다.

고백하자면 나 역시 인내력이 약하다. 화를 낸 직후에는 내 수행력의 한계를 절감하곤 한다. 어떤 상황의 전부를 들여다보는 것을 통찰력이라고 하는데 이 통찰력은 깊은 명상과 호흡에서 얻어지는 결과다. 그러므로 수행이란 이 통찰력을 통해 지혜를 얻는 것이라고 할 수 있다.

그런데 화를 내는 순간은 이 통찰력이 사라진 경우라고 할 수 있다. 왜냐하면 그 상황을 인식하지 못하고 놓치고 있기 때문이다. 눈앞의 일이 화를 시험하는 것이라는 사실을 깊이 사유하면 그 상황을 스스로 통제할 수 있는데, 화를 내는 것은 자신도 모르게 그 상황에 개입하는 것이므로 그 순간 객관적 관점이 주관적 관점으로 전환되어 버리는 것이다. 그래서 시비와 우열을 논하고 싶은 자아의식이 생기는 게 아니겠는가.

따라서 불교 경전에서는 화를 다스리는 방법으로 인내할 것을 강조하고 있다. 인내하는 과정에서 화를 낼 만한 상황이 지나가 버리거나 소멸되어 버리기 때문이다.

인내하라, 이 말은 그 상황이 지나가기를 기다리라는 뜻도 된다. 그런 점에서 『톰 소여의 모험』의 작가로 잘 알려진 미국의 소설가 마크 트웨인이 다음과 같은 조언을 했다는 것은 실로 놀랍다.

"화가 날 때는 하나, 둘, 셋, 넷까지 세어라."

호흡을 길게 하며 숫자를 세는 동안 화내는 상황이 호전될지 누가 알겠는가.

화는 부메랑이다

붓다가 기원정사에 계실 때의 일.

어느 날 젊은 사람이 붓다를 방문하여 모욕적인 말을 내뱉는다. 그 사람은 바라문으로서 이름은 '빌란기카'로 기록하고 있다. 붓다는 잠자코 있다가 그에게 묻는다.

"어느 좋은 날, 그대의 집에 종친들을 초대해 놓고 음식을 대접하였는데 그들이 그 음식을 먹지 않는다면 누구 차지가 되겠는가?"

"그들이 먹지 않는다면 그 음식은 도로 내 차지가 되겠지요."

그러자 붓다가 부드럽게 말을 이어갔다.

"그대도 그와 같다. 그대는 지금 화를 내면서 나를 모욕하였다. 그런데 내가 끝내 받지 않는다면 그 욕설은 누구에게 돌아가겠는가?"

"그가 받지 않더라도 주면 되는 것이죠. 욕설을 들으면 기분이 나빠질 것이 아닌가요?"

대화는 계속 이어진다.

"그렇지 않다. 그것은 주고받는 것이 아니다."

"어떤 것이 주고받는 것인가요?"

마지막으로 정리한 붓다의 말씀.

"욕하면 욕하는 것으로 갚고, 화내면 화내는 것으로 갚고, 때리면 때리는 것으로 갚는 것을 주고받는 것이라 한다. 그러나 젊은이여, 욕해도 욕으로 갚지 않고, 화내도 화내는 것으로 갚지 않고, 때려도 때리는 것으로 갚지 않으면 주고받는 것이라 할 수 없다."

『잡아함경』에 실린 내용이다. 상대방이 불같이 화를 낸다 하더라도 그것에 대응하지 않으면 그 싸움은 밋밋하게 종결된다. 얼핏 화를 낸 사람이 이긴 것 같아도 승자는 욕먹은 사람이다. 왜냐하면 화를 내면 필경 그것은 부메랑이 되어 자신에게 되돌아오기 때문이다.

어른들 표현에 “내 원수는 남이 갚아 준다”는 말이 있다. 이는 본인이 직접 되갚아 주지 않는다 하더라도 그것이 스리쿠션으로 작용하여 제3자에게서 그와 똑같은 장면으로 화를 당하는 수가 생긴다는 뜻이다.

그렇다면 화를 낸 사람에게는 과보가 있지만, 인내한 사람에겐 주고받을 게 없으니 과보가 사라지는 것이다. 복수는 복수를 잉태하는 법이다. 화를 내고 나면 반드시 되갚음이 있다는 것을 가슴에 새기자. 서로 주고받는 원수의 관계로 만들지 않는 것, 이것이 분노를 다스리는 지혜로운 방법이다.

인도의 성자 간디는 ‘성냄을 이긴 자’를 이렇게 정의했다.

“화내는 일이 있는데도 화내지 않는 사람만이 분노를 이겼다고 말할 수 있다.”

어금니를
꽉 깨물어라

티베트 불교 경전에는 화를 이렇게 표현하고 있다.

"큰 바다의 양을 저울로써 알 수 없듯이 진에嗔恚의 깊이도 한이 없어 알 수 없다네."

우린, 분노 때문에 일을 망친 경우가 많다. 다 된 밥에 코 빠뜨린 경험은 누구에게나 있을 것이다. 누차 강조하지만 분노의 특효약은 인내심이다. 그러나 매사에 인내하기란 그리 쉽지 않다. 왜냐하면 화의 깊이는 바다만큼 깊고 아득하기 때문이다.

예전에 해인사 주지를 지냈던 지월 노스님은 인내와 하심下心의 상징으로 통하는 분이셨다. 그분의 언행은 언제나 조용조용하였으며 얼굴엔 미소가 가득하였다. 그래서 그분을 기억하는 후배들은 인자한 모습만 기억할 뿐 화내는 모습은 한 장면도 없다. 어떤 상황이든 성급해하거나 화를 내지 않고 오히려 상대방에게 "미래에 부처가 되실 분이 왜 그렇게 화를 내시는지요" 하면서 먼저 고개를 숙인 것으로 유명하다. 그런데 지월 노스님은 말년에 잇몸이 많이 상하셨다고 들었다. 그만큼 이를 악물고 인내하였다는 뜻이다.

어금니를 꽉 다물고 인내하는 것이 수행이다. 화를 잘 참지 못하는데 수행이 익었다고는 할 수 없다. 그래서 불자들이 지켜야 할 보살계菩薩戒에서도 "부처의 몸이 될 때까지 성내지 말라. 만약 범한다면 보살행이 아니다"라는 계문을 설하여 신앙생활의 요체가 화를 다스리는 일이라는 것을 명시하고 있다. 굳이 신앙인이 아니라 하더라도 매사에 버럭버럭 화를 잘 내는 이들은 사회생활에 이미 실패한 사람이나 마찬가지다. 따라서 화를 내지 않는 것이 가장 좋지만 만약 화낼 일이 생긴다면 먼저 어금니부터 꽉 깨물면서 인내하는 습관을 익혀야 한다.

화를 중화시켜라

어느 검객이 스승으로 모시는 선사의 염주가 마음에 들었던지 그것을 달라고 간청했다. 이 말에 선사는 자신도 탐나는 게 있으니 서로 바꾸자고 제안하였다.

"스님이 원하는 게 무엇입니까?"

"내가 원하는 건 네 성질이다. 화 잘 내는 성질을 내게 다오."

뜻밖의 제안에 난감해하는 검객을 향해 선사는 웃으며 말했다.

"그걸 보여 줄 수 없다면 일단 받은 걸로 하고 한동안은 네게 맡겨 두겠다. 그러나 오늘부터 그것은 내 것이니 내 허락 없이 함부로 사용하면 안 된다."

그렇게 해서 얻은 염주를 검객은 늘 몸에 지니고 다녔다. 그러던 어느 날 술에 취한 사람이 검객에게 시비를 걸게 된다. 순간 성질이 치솟아 칼을 뽑으려는데 염주가 손에 닿았다. 그때 검객은 이런 생각을 하였다.

'화 잘 내는 성질은 이제 내 것이 아니고 스님의 것이기에 그분의 허락 없이는 사용할 수 없는 게 아닌가?'

그런데 잠깐의 이 생각이 살인을 멈추게 하였다.

우리도 분노가 가득할 때마다 그 화를 바라보아야 한다. 그럴 때 스스로의 상태를 알아차릴 수 있다. 이때, 알아차린다는 말은 자신의 행동을 자신의 의지로 통제할 수 있다는 뜻.

불교에는 화를 내려놓는 방법으로 '자비암송'이란 게 있다. 눈을 감고 화나는 상황을 떠올린 후, 무슨 일이 일어났고 몸은 어떤 반응을 보이고 말이나 행동은 어떻게 했는지 돌아본다. 그리고 자신에게 말을 던진다.

"내가 화냄에서 벗어나기를,
내가 편안해지기를,
내가 자비롭기를……."

이렇게 자신에게 자비의 마음을 보내는 것이다. 화를 극복할 수 있는 요소에는 기쁨과 자비도 한몫을 한다. 이처럼 화나는 마음에 좋은 마음, 기쁜 마음을 부어 줄 때 그 마음은 희석되고 중화된다.

화를 내고 나면 반드시 그 원인과 상황을 명상을 통해 떠올려 보아야 옳다. 그래야 반복적인 분노가 일어나지 않는다. '이제는 화를 안 내야지' 다짐하지만 잘 되지 않는 것은 반복적인 분노의 공격 성향이 잠재되어 있기 때문이다. 그래서 그 근본을 들여다보면서 성향을 바꾸는 노력이 필요하고 또한 명상을 통해 그 찌꺼기를 제거해야 하는 것이다. 이것은 근원적 처방이자 예방적 처방이기도 하다.

화의 무게를 가볍게 하라

제14대 달라이 라마는 젊은 시절 고장 난 시계를 수리하는 데 도전한 적이 있다고 한다. 그러나 여러 차례의 시도에도 불구하고 매번 성공하지 못하였다. 그럴 때마다 그는 분노로 평정심을 잃고 시계를 집어던지곤 했다. 이런 일이 거듭되면서 그의 분노는 점점 커져 갔다. 그러나 시간이 흐른 후 어느 순간 자신의 행동에 대해 크게 반성하게 되었다.

'나의 목적이 시계 수리에 있음에도 불구하고 왜 나는 시계에게 화풀이를 한 걸까?'

이런 생각에 미치자 정말로 분노가 사라졌다고 한다.

알고 보면, 시계가 화나게 한 것이 아니다. 그 시계를 고치는 자신에게 화가 난 것인데 우리는 종종 이와 같이 엉뚱한 것에 화풀이를 한다. 시계가 원인 제공을 한 것이 아님에도 시계 탓을 하는 것이다. 이처럼 화의 원인이 자신의 밖에 있다고 믿는 경우가 많다.

그대가 소유하고 있는 자동차가 불시에 고장이 났다면 어떤 태도를 보이겠는가. 대부분 자동차에 화를 내며 자동차를 부숴 버릴 것같이 행동한다. 그러나 자동차가 일부러 골탕 먹이려 그런 것은 아니지 않은가. 화를 내기 전에 이 사실을 받아들여야 한다. 따져 보면, 자동차에 화를 내는 것은 그 편의성을 거부당했다는 스스로에 대한 분노일 수도 있다.

그래서 평정심을 유지하는 게 중요하다. 즉, 평정심이란 불만이나 실망을 느끼지 않는 상태를 말하는 것으로 이 상태를 유지하는 것이 중요하다는 의미. 왜냐하면 불만이나 실망은 분노와 증오심의 원인이 되기 때문이다.

7세기경 인도의 수행자 샨티데바는 "누구든지 불만으로 이끌리는 상황이 되지 않도록 확실히 하는 것이 중요하다"라고 말했다. 결국 불만이 분노의 씨앗이 된다는 것 아닌가. 지금 화를 내고 있는 당신은 자신에 대한 불만을 그렇게 표출하는 것이라고 솔직히 인정하라. 그것만으로도 화의 무게가 가벼워질 수 있다.

진심의 과보는 뱀이다

불교 경전에 이런 일화가 전한다.

옛날 어떤 도인이 숲 속 길을 지나가는데, 큰 뱀이 "화상도인" 하고 불렀다. 도인은 놀라 좌우를 살펴보았다. 그때 뱀이 말하였다.

"도인은 두려워하지 마십시오. 원컨대 나를 위하여 설법하여 나로 하여금 이 죄의 몸을 벗도록 해 주십시오."

도인이 사연을 궁금해하자 뱀이 질문하였다.

"도인은 아자타샤트루왕의 이름을 들었습니까?"

"들어서 알고 있다."

"내가 바로 그 사람입니다."

도인이 재차 물어보았다.

"아자타샤트루왕은 절을 많이 지어 공양한 공덕이 훌륭하시므로 천상에 날 것인데, 무슨 인연으로 그렇게 되었는가?"

뱀이 말했다.

"내가 목숨을 마치려 할 때 곁에 있던 사람이 내 얼굴에 부채를 떨어뜨려 나를 성내게 하였기 때문에 나는 뱀의 몸을 받았습니다."

이 말을 듣고 도인은 그를 위해 설법했다. 그 후 뱀은 일주일 동안 먹지 않다가 목숨을 마치고 하늘에 태어났다.

아자타샤트루왕은 불교사에서 유명한 인물이다. 그는 붓다 당시 마가다국의 국왕이었던 빔비사라왕의 아들로서 흔히 '아사세 태자'로 많이 불리고 있다. 그는 왕위를 찬탈하고 붓다의 전도를 방해했지만 나중에는 불교를 신봉하는 신앙인으로 거듭나서 많은 탑을 조성하고 스님들에게 공양 올리게 된다.

이런 공덕을 쌓은 국왕이 뱀으로 태어났다니 믿기지 않았던 것이다. 그런데 놀랍게도 뱀의 몸을 받은 것은 다른 악행의 과보가 아니라 성을 참지 못한 과보였다는 사실이다. 여기서 한 가지 의문은, 왜 죽으려 할 때 그토록 진심嗔心을 내었을까 하는 부분이다.

사람의 목숨이 빠져나가려 할 때는 무척 고통스럽고 신경이 몇 배로 예민해진다고 한다. 그때는 손가락만 살결에 닿아도 칼로 베이는 듯 화들짝 놀라면서 고통을 호소하고, 바람만 살짝 스쳐도 살이 에이듯 아프단다. 그래서 무의식의 환자라도 그 고통을 느낀다는 것이다.

몇 년 전 어느 노스님이 운명하시는 것을 지켜본 적이 있다. 그때 육체에 손길

두려워하지 마십시오。
원컨대 나를 위하여 설법하여
나로 하여금 이 죄의 몸을 벗도록 해 주십시오。

만 닿아도 움찔움찔 놀라면서 인상을 쓰는 것을 보고 운명 직전에는 신경이 무척 예민해진다는 것을 알았다. 그래서 운명할 즈음에는 몸에 손을 대는 것을 삼가야 한다. 잘못하면 환자로 하여금 진심을 유발시켜 더 큰 업보를 제공할 수도 있기 때문이다.

이런 점으로 미루어 간병하는 이가 아자타샤트루왕의 얼굴에 부채를 떨어뜨렸으니 얼마나 아팠겠는가. 그 순간 자신도 모르게 화를 내고 만 것이다. 그런데 그 진심의 결과로 뱀의 몸을 받고 말았다. 이 얼마나 등골 오싹한 일화인가. 화를 내는 일은 미래의 생生에까지도 영향이 미친다는 것을 똑똑히 알아야 한다.

이 글을 쳐다보시오

여기 또 하나의 이야기가 전한다. 금강산 돈도암에서 수행했던 홍도 스님이 수행을 열심히 하였으나 화를 참지 못해 깨달음의 관문을 통과하지 못했다는 일화는 너무나 유명하다. 그가 남긴 게송 가운데 이런 구절이 있다.

행봉불법득인신幸逢佛法得人身	내가 다행히 사람으로 태어나 불법을 만나
다겁수행근성불多劫修行近成佛	여러 겁을 수행하여 성불하기에 이르렀다가
송풍취타안중시松風吹打眼中柴	솔바람이 불어와 눈에 티가 들어감에
일기진심수사신一起嗔心受蛇身	한 번 화를 내었더니 뱀의 몸을 받았네

홍도 스님이 어느 때 병석에 누웠다가 밖으로 나와 소나무 아래에서 쉬고 있는데 세찬 바람이 갑자기 불어와서 먼지를 뒤집어쓰게 되었다. 하필 그 때 눈 속으로 티끌 하나가 들어갔나 보다. 몸이 아파서 짜증이 나는 상황

에서 눈까지 아프니 그 순간 화가 치밀어 부처님을 원망하는 욕을 하고 말았던 것이다. 평소에는 수행을 모범적으로 잘 했던 홍도 스님이 결정적인 순간에 화를 참지 못해 그 진심의 과보로 뱀의 몸을 받았다면 그 누가 믿겠는가. 이는, 화를 내는 것은 수행의 공덕을 와르르 무너뜨릴 수 있다는 뜻이다. 서산 대사도 『선가귀감』에서 "한 생각 성내는 데에 백만 가지 장애의 문이 열린다"고 지적하고 있다. 이처럼 수행의 공덕은 쌓기는 어려워도 허물기는 쉽다. 화를 내면 설사 선업善業이라 하더라도 와르르 무너진다.

불교에서는 화를 내면 그 과보로 인해 다음 생에는 뱀으로 태어난다고 믿는다. 뱀은 성질의 화신이다. 살짝만 대들어도 고개를 쳐들고 독기를 품는다. 이것은 화내던 인습이 남아서 그렇다는 것이다. 따라서 인가人家 주변의 뱀들은 한때 화를 참지 못하던 사람들의 후신일 수도 있다. 노스님들이 절 담장 근처의 뱀을 보면 "여기서 공부하던 비구의 화신이다" 했던 기억이 난다. 마치 저 홍도 스님처럼 수행을 잘 하다가도 화를 참지 못한 과보로 뱀의 몸을 받았다는 것이다. 화를 내는 것에는 참 무서운 과보가 뒤따른다는 것을 알 수 있다.

일기진심수사신一起嗔心受蛇身! 한 번 화를 내면 뱀의 몸을 받는다는 이 부분을 홍도 스님은 당부하고 싶었을 것이다. 그래서 뱀으로 태어난 홍도 스님은 꼬리에 재를 묻혀 자신의 사연을 적은 뒤 마지막으로 이렇게 일렀다.

"원컨대 스님들께서는 이 글을 벽에 걸어 놓고 화가 날 때가 있으시거든 쳐다보시오."

화는 잠복하고 있는 마귀이다

성경에 '카인과 아벨' 이야기가 등장한다.

본래 카인과 아벨은 형제였으나 분노와 질투로 인해 형이 동생을 죽이게 된다. 둘 다 하나님을 섬기는 자들이었는데 왜 카인은 아벨을 죽였을까?

어느 날 형제가 하나님에게 제물을 올렸으나 카인의 것은 거부하고 아벨의 것은 받아들였다. 카인은 하나님이 그의 제물을 받지 않자 몹시 화가 나서 안색이 변했다고 한다.

여기서 하나님은 아벨의 제물은 기름진 것이라서 받고, 카인의 제물은 거칠어서 받지 않은 것이 아니었다. 이를테면 카인의 마음속에 도사리고 있는 위선과 가식을 거부한 것이었다. 보다 성숙한 신앙적인 태도는 물질의 질량이 아니라 정성의 질량이다. 하나님은 정성을 속이고 있는 카인을 꾸짖었던 것이다. 그런데 아벨로 인해 자신의 제물이 보잘것없게 되었다는 분노 때문에 카인은 들판에서 동생을 돌로 죽이고 만다.

화는 순식간에 자신의 선행을 삼키는 소용돌이가 되며 동시에 평생 돌이킬 수 없는 불행을 만들기도 한다. 카인은 결국 화를 참지 못해 아벨을 죽이는 살인자로 등장하지 않는가? 화는 사람의 이성을 마비시키고 사리분별을 어둡게 한다. 따라서 화는, 잠복하고 있는 마귀이며 사탄이다. 누구나 화를 내면 한순간에 카인의 불행이 자신의 불행이 될 수 있다는 말이다.

티베트 불교 경전에 이런 가르침이 있다.

"몇 천 겁에 쌓아 온 보시와 부처님께 올린 공양 등 모든 선행이 단 한 번의 분노로 모조리 다 무너질 수 있다."

이와 같이 화를 내는 순간 모든 공덕과 축복이 다 깨어진다. 다시 말해 복 바가지를 발로 깨부수는 것과 같다. 화를 참지 못해 잘돼 가던 일을 놓치거나 망친 경우가 많았을 것이다. 또한 화를 내는 것은 몇 초지만 그 감정을 수습하는 데는 몇 날 며칠이 걸릴지 모른다. 그래서 일인장락一忍長樂, 한 번 참으면 오래 행복할 수 있다는 말이 있다. 그렇다면 그대들은 벌컥 화를 내고 오랫동안 고민할 것인가, 아니면 잠깐 참고 오래도록 웃을 것인가?

화를 내는 것은 오랫동안 쌓았던 복덕을 한꺼번에 무너뜨리는 행동이라는 것을 명심하라.

분노는 자살행위다

이런 이야기를 들었다.

방울뱀에게 계속적으로 스트레스를 주어 약을 올리면 너무 화가 난 나머지 자신을 물어 버린다 한다. 이 이야기는 남에게 화를 내는 것은 결과적으로 자신에게 상처를 입히는 것이란 걸 알게 해 준다.

사람이 화를 냈을 때 체내에 발생하는 독성은 생각보다 심각하다. 한 번 화를 낼 때 어항 속 금붕어를 네 마리나 즉사시킬 수 있는 독성이 생겨난다는 실험도 있고, 한 시간 화를 낸 사람을 연구해 보았더니 쥐를 무려 30마리나 죽일 수 있는 독성이 발생하였다는 결과도 있다.

화가 난 사람의 얼굴을 보면, 처음에는 붉게 되었다가 차츰 시퍼렇게 변하는 것을 볼 수 있다. 이것은 바로 화의 독성이 내부로 번졌다는 증거다. 다시 말해 화를 낸다는 것은 자기 자신에게 독을 먹이는 꼴이다. 누구나 경험하였을 테지만, 한바탕 화를 내고 나면 온몸에 힘이 빠지면서 피곤이

몰려온다. 스스로 독성을 해독하는 시간이라서 그렇다.

이는 의약적인 자료를 참고해 보면 보다 명확해진다. 화를 내게 되면 혈압이 높아지고 맥박수가 빨라진다. 이것은 심리적으로 불안하게 만들어 긴장과 스트레스를 준다는 뜻이다. 즉, 스스로의 면역기능을 약화시키는 결과를 초래하므로 화를 내는 것은 자살행위나 마찬가지.

한동안 베스트 셀러였던 『뇌내혁명』에 이런 내용이 실려 있다.

"사람이 분노하거나 강한 스트레스를 받으면 뇌에서 '노르아드레날린'이란 물질이 분비된다. 이 물질은 호르몬의 일종으로 대단히 극렬한 독성이 있는데 자연계에서는 뱀 다음으로 그 독성이 강하다. 따라서 항상 분노하거나 스트레스로 자극을 받으면 이 호르몬의 독성 때문에 노화가 촉진되어 오래 살 수 없다."

그렇다면 화를 내지 않는 것은 수명 연장에 큰 도움이 된다고 봐야 한다. 참으로 설득력 있는 이론이 아닐 수 없다. 결국 이 물질에 가장 먼저 피해를 입는 자는 바로 본인이다. 화를 내어 만들어지는 결과와 비교해 본다면 화나게 만드는 원인은 지극히 사소하고 작은 것이다. 젊고 건강하게 살려면 화에서 자유로워져야 한다.

화를 내지 않을 때 최대 수혜자는 바로 자신이다. 장수하고 싶으면 우선 화내는 악습부터 고쳐야 할 것이다.

분노를 용해하라

한 마을에 화를 잘 내는 부인이 살고 있었다. 얼마나 화를 잘 내는지 하루 종일 웃는 얼굴 한번 보기 힘들었다. 아내의 찡그린 얼굴에 지친 남편은 아내가 그녀의 친정 사람들에게도 그러는지 알고 싶어 핑계를 대고 아내를 친정으로 보냈다.

아내는 며칠 되지 않아 친정에서 돌아왔다. 남편은 친정 사람들이 아내에게 어떻게 대해 주었는지 물었다.

"흥, 잘해 주기는커녕 소를 모는 목동들까지도 내게 인상을 찌푸리는 게 아니겠어요? 그래서 일찍 돌아온 거예요."

아내의 불만 섞인 소리를 듣고 난 뒤 남편이 말했다.

"여보, 새벽에 나갔다가 저녁 늦게야 돌아오는 당신 친정의 하인들조차 당신의 화내고 찡그리는 얼굴을 보기 싫어한다면, 하루 종일 당신과 같이 있어야 하는 나는 어떻겠소?"

사람들은 자신이 화를 내는 데는 다 이유가 있다고 생각한다. 화를 내는 횟수가 늘어날수록 그 사람은 화 자체가 되어 버린다. 화내는 것을 본능적이라고 생각하는 것은 더욱 위험한 발상이다. 무엇보다 화를 계속 품고 사는 것은 건강에도 좋지 않은 영향을 준다.

미국 캘리포니아 주 바이올라대학의 심리학 교수였던 노먼 라이트는 화를 내는 것은 위궤양, 대장염, 동맥경화, 중풍 등 다양한 질병을 일으킨다고 말했다. 최근 암에 대해 연구한 의사들의 보고서에 의하면, 암은 분노의 분한 감정에서 나온다고 한다. 잠을 못 이루고 울분을 터뜨리는 감정이 응어리져서 암이 된다는 것이다. 귓등으로 흘릴 일이 아니다.

즐겁게 웃고 난 사람의 뇌를 조사해 보니 놀랍게도 독성을 중화시키고 웬만한 암세포를 죽일 수 있는 호르몬을 다량 분비시킨다는 발표를 보았다. 그렇다면 웃지 않는다는 것은 자신의 내부에 독이 스며들어 있다는 의미이기도 하다. 평소엔 스트레스가 잠복해 있다가 화를 내는 순간 그것이 엄청난 양의 독으로 전환되는 것이다. 그 독을 없애는 천연 치료제는 웃음이다.

화날 때 나오는 숨을 봉지에 담고 그 속에 모기를 넣으면 몇 분 안에 죽는다고 한다. 반대로 웃을 때의 숨을 봉지에 담고 그 속에 모기를 넣으면 훨씬 오래 산다고 한다. 이 실험이 사실이라면 웃는 것으로 화의 독성을 제거할 수 있다는 방증이다.

분노의 용해제는 웃음이다

인도를 여행할 때 경험한 일이다.

성지를 안내하기로 약속한 현지인이 1시간이나 늦게 나온 적이 있었다. 화를 내고 있는 우리 일행에게 그는 태연하게 "이미 늦어 버린 것은 되돌릴 수 없는 것이고, 중요한 것은 지금 여기에 와 있다는 것입니다. 그래도 2시간보다는 빨리 왔죠?"라고 했다. 그 대답이 얄미웠지만 웃을 수밖에 없었다. 그 넓은 이국땅에서 2시간 늦은 것보다는 고마웠으니까.

이처럼 긍정적인 사고 속에 화해와 용서가 있다. 그래야 삶에 쉼표가 생긴다. 매사 이렇게 상황을 전환해 보자. 화를 내는 순간 자신의 책임은 사라지고 상대의 이유와 문제만 남는다. 나의 잘못을 남에게 쉽게 돌리는 가장 빠른 방법이 화를 내는 일이다.

웃음과 화는 정반대의 성격이다. 짜증나거나 화가 날 때 그 시점에서 웃어 버리자. 화와 웃음은 양립할 수 없기에 웃을 때는 화가 사라지고 말기 때문이다. 우리가 미소를 보내는 그 순간에는 나와 남이 사라지고 주관과 객관이 무너진다. 상대적 시비에서 물러나게 되면 그 어떤 것도 나를 화나게 만들지 않았다는 것을 알게 된다.

화가 불같이 일어나더라도 웃어 버리면 그걸로 화는 상당 부분 가벼워질 것이다. 찡그린 인상을 하고 있다가도 웃고 나면 바로 펴진다. 화를 통제할 수 있는 비결은 웃음이다.

해가 지도록 분을 품지 말라

100세 최고령 한의사에게 건강비결을 묻자 세 가지로 요약해 주었다.

첫째, 마음을 편안하게 하라. 둘째, 남의 허물을 잊고 용서하라. 셋째, 소식小食하고 운동하라.

화의 영역을 멀리할수록 장수할 수 있다는 대답이기도 하다. 화를 가슴에 지니고 있으면 그게 병이 되고 생명을 단축시킨다. 화는, 주로 젖꼭지와 젖꼭지 사이에 쌓인다고 한다. 그래서 화가 쌓이면 가슴이 답답해지는 통증을 느끼는지도 모른다. 한방에서는 이를 일러 울화鬱火라고 하지 않던가. 즉, 심장에 한이 차곡차곡 쌓이는 것이다. 흔히 말하는 울화통이 터진다는 표현은 화병이 폭발했다는 뜻이다.

우리 민족은 성격이 불 같아서 화를 잘 내기도 하지만 그 화를 가슴에 묻어 두는 경우도 많다. 그래서 한민족이 한恨민족이 될 정도인데 이 화는 만병의 근원이 되기도 한다. 어느 책에서 화병의 자가진단표를 보면서 나는 몇 가지에 해당되는지 살펴본 적이 있다.

사소한 일에도 짜증과 신경질이 난다.
가슴이 두근거린다.
깜짝깜짝 잘 놀란다.
얼굴이 화끈 달아오른다.
머리가 아프다.
잠이 잘 안 온다.
항상 피로하다.
만사가 귀찮다.
불안하다.
신경이 예민하다.

이 항목 가운데 5개 이상이 해당되면 화병일 가능성이 높단다. 이처럼 화병은 자신도 미처 그 증상을 모르고 지나치는 경우가 많은 것 같다.

일부 학자들은 한국인의 특질적인 질병으로 화병을 꼽는다. 화병은 불안, 불신, 공포, 분노, 증오, 우울 등으로 인해 생기는 병. 가만히 들여다보면 누구나 이 화병의 환자군群에 속해 있다. 왜냐하면 그 어떤 사람도 이런

용서를 구할 때 받아 주지 않는 것도 허물이다。
원한을 품어 오래 두지 말고 분노의 땅에도 또한 머물지 말라。

화병에서 자유롭지 못하기 때문이다.

무엇보다 이 화병을 극복하려면 화, 분노 같은 것을 오래 쌓아 두어선 안 된다. 화, 분노, 미움, 걱정 따위는 오래 지니고 있을 값진 보물이 아니다. 결국에는 마음을 병들게 하는 원인이 되는 까닭이다. 이것을 쌓아 두면 남을 미워하기에 앞서 자신이 먼저 다친다는 것을 수차례 강조해 왔다.

'참을 인忍' 자를 풀어 보면 화를 품고 있는 게 얼마나 무서운지 알 수 있다. '마음心' 위에 '칼刀'이 놓여 있는 글자다. 즉, 칼끝이 심장을 향해 있는 것이다. 그러므로 사람이 화를 해소하지 못하고 꾹 참고 있는 것은 심장을 상하게 할 수 있다는 뜻이기도 하다. 그렇다면 부글부글 끓어오르는 화를 무조건 참지 말고 원인을 살펴 적절하게 치료하고 다스려야 지혜롭다.

붓다 또한 "용서를 구할 때 받아 주지 않는 것도 허물이다. 원한을 품어 오래 두지 말고 분노의 땅에도 또한 머물지 말라"는 충고를 하였다.

어디 불교 경전뿐일까. 성경에도 이런 말씀이 있다.

"화를 내더라도 해가 지도록 분을 품지 말라."

화를
끌어안으라

한때 서점가에서 베스트 셀러였던 『화』를 기억할 것이다. 그 책이 그만큼 독자의 사랑을 받았다는 것은 누구나 화에 대한 문제를 공감하고 있었다는 뜻이다. 이 서적으로 인해 저 멀리 프랑스에서 수행하고 있는 베트남 출신의 틱낫한 스님이 한국인에게 알려지게 되었고, 독자들의 요청에 의해 우리나라를 다녀가기도 했다.

이제 틱낫한 스님은 화병을 다스릴 수 있는 지혜를 가르쳐 주는 종교지도자로 잘 알려져 있다. 그렇다면 화를 다스리는 방법의 요점은 무엇일까. 스님은 우선 '화를 끌어안으라'고 조언한다. 끌어안는다는 의미를 스님은 이렇게 해석한다.

"화는 마치 우는 아기 같다. 무엇인가 불편하고 고통스러워서 울고, 그리고 엄마의 품에 안기고 싶어 한다. 화를 품에 끌어안은 채 의식적으로 숨을 들이쉬고 내쉬기만 해도 '화'라는 아기는 이내 편안함을 느낀다."

즉, 화가 일어나면 그것을 맞이해 주어야 한다. 화가 마음속에 있음을 인정하고 살펴야 한다는 말이다. 그 화를 달래 줄 사람은 그 누구도 아닌 바로 자신이다. 화를 억누르기보다는 마음속에서 화가 처음 일었을 때 그 원인이 되는 충동이 무엇이었는지 인식할 필요가 있다. 처음에는 그저 잠시 바라보기만 해도 화의 원인이 파악된다. 부드러운 시선을 보내 주기만 해도 한층 누그러진다. 14대 달라이 라마의 말씀을 들어 보면 이것이 왜 중요한지를 알 수 있다.

"만일 당신이 분노에 사로잡혀 그 분노를 삭이려는 어떤 노력도 하지 않는다면, 분노는 당신을 지배할 것이고 갈수록 그것의 강도는 커질 것이다. 비록 과거에는 스스로 분노를 억제하려 했고 또한 크게 화날 일을 당하여 잘 참았다 하더라도 결국에는 사소한 일에 금방 화를 내는 사람으로 변할 것이다."

다시 말해 화의 원인을 덮어 두거나 방치해 두면 더 큰 화를 낼 수 있다는 지적이다. 그래서 화는 내는 것보다 내고 난 다음이 더 중요하다. 왜냐하면 내일 또 화를 낼 수 있는 상황을 만날 수 있기 때문이다. 바둑 용어에 복기復棋라는 말이 있듯이 화의 점검을 통해 반복적인 실수를 줄일 수 있는 것이다.

기본적으로 화를 외부에서 시작된 것이라고 생각해선 안 된다. 어디까지나 내 안의 사정이다. 누군가가 기분 나쁜 말을 던지고 갔다면 그 반응은 결국 나 자신의 문제다. 그러므로 내부에서 일어나는 마음의 상태를 관찰하여 기분이 나빠지기 이전으로 돌려주면 된다. 이것은 마치 아이가 울면 달래서 울지 않게 하는 것과 같은 맥락이다.

그런데 우리는 화가 나면 그 기분을 일시에 없애려고 노력한다. 그럴수록 가라앉지 않고 그 기분은 거품을 휘젓는 것처럼 자꾸 일어난다. 설령 없앴다 하더라도 그것은 화면이 사라진 것일 뿐 그 원본은 잠재의식 속에 남아 있을 가능성이 높다. 그래서 그 화를 달래서 마음에 찌꺼기를 남겨 두지 않아야 한다.

흐린 물을 맑히는 것은, 흐린 물을 퍼내는 것이 아니다. 맑은 물을 더 많이 채워 주면 자연스레 맑아진다. 이와 같이 화나는 마음을 정화시키는 것은 좋은 마음이다. 이를테면 화의 뿌리를 뽑는 게 아니라 화의 뿌리가 자랄 수 없도록 하자는 것이다.

틱낫한 스님의 말씀을 더 인용해 보면 이렇다.

"화의 뿌리를 먼저 살펴야 한다. 화는 마음속에 숨겨져 있다. 마음의 밭에 있는 화의 씨앗에 물을 주지 말고, 기쁨, 사랑, 즐거움의 씨앗에 물을 주도록 노력하라."

즉, 화가 날 때는 긍정적인 생각을 통해 부정적인 씨앗이 자랄 수 없도록 해야 한다. 이것은 삶의 가치관을 어떻게 바꾸느냐의 문제이기도 하다.

화를 참을까 말까

분노를 안에 꾹꾹 가둬 두기만 하면 울화병이 생긴다고 이미 말했다. 그렇다면 참지 말아야 하는 것일까? 하지만 성질나는 대로 표출한다 하더라도 부작용은 마찬가지. 여기에 어쩔 수 없는 딜레마가 존재한다.

실제로 이에 대한 연구를 한 적이 있다고 한다. 펀칭백을 주먹으로 칠 수 있는 기회를 준 사람들과 조용히 몇 분간 앉아서 분을 삭이도록 한 사람들을 관찰한 결과, 펀칭백을 두들겼던 사람들은 다른 이들에게 더욱 공격적인 성향을 보였다는 것이다. 분노를 분노로써 대하는 것은 올바른 방법이 아니다.

이를 통해 알 수 있는 것은 분노는 유용할 수도 있고 유해할 수도 있다는 사실이다. 중요한 것은 상황에 따른 효과적인 행동이다. 즉, 자신의 분노가 상황에 적절하게 대응하는 것인지, 아니면 자신의 성격에 따른 과민반응인지를 알아야 한다. 똑같은 상황일지라도 성질 급한 사람이 먼저 분노에 휩싸이는 경우가 얼마든지 있으니까 말이다.

때로는 어쩔 수 없는 상황에 대해서도 화가 나는 수가 있다. 예를 들어, 야외행사가 있는 날에 비가 내린다면 그 상황 때문에 화를 내기도 하지 않던가. 그러므로 화를 적절히 통제하고 관리할 수 있는 것이 포인트다.

그렇다면 불교적 입장은 어떤 것일까?

화가 난다고 화를 내 버리는 것은 쾌락에 속한다 하고, 화가 날 때 무조건 참는 것은 고행에 속한다고 한다면, 이 두 가지는 역시 완벽한 길은 아니다. 불교에서는 쾌락과 고행을 떠난 해탈의 길이라고 할 수 있는 '중도中道'를 말한다.

이 중도의 실천은 화난 상태를 입체적으로 관찰하는 것이다. 이를테면 화의 존재를 뚜렷이 바라보는 태도이다. 화가 일어날 때 자기 자신은 잘 모른다. 화라는 것은 '내가 화를 내야지' 하고 일어나는 게 아니라 거의 무의식적으로 일어나는 현상이기 때문이다. 그래서 화가 날 때 곧 알아차리면 화가 사라지거나 참아지는 경우가 많다. 마치 두 개의 부싯돌이 부딪쳐 불이 일어났을 때 옆에 옮아붙을 솜이 없으면 그냥 사라져 버리는 이치와 같다. 이런 방법으로도 화가 사라지지 않으면 그 화를 지켜봐야 할 것이다. 지켜보는 것은 분노를 더 이상 커지지 않게 하기 위한 방법이기도 하다. 반대로 화를 참으면 지켜볼 때보다 훨씬 오래 지속된다.

이제 결론이다. 화를 냈다면 그 화를 알아차리고, 화를 참았다면 그 화를 지켜보아라. 그럼 둘 다 병이 되지 않고 용해된다. 이 말은 화낼까, 참을까, 이 둘을 가지고 고민하지 말라는 뜻이다. 즉, 제3의 선택을 하는 셈이다. 다시 말해 이 두 가지의 대립적인 모순에서 자유로워지면 화를 내었더라도 문제가 되지 않고 화를 참았더라도 스트레스가 되지 않는 것이다.

이에 대한 『금강경』의 가르침도 다르지 않다.

붓다가 전생 시절에 인욕선인으로 수행할 때 가리왕에게 신체에 큰 해를 입었지만 상대방을 향해 화를 내거나 원망하는 마음이 없었다고 고백하는 내용이 있다. 왜냐하면 '나'다 '너'다 하는 상대적인 분별이 사라진 상태이므로 화를 낼 주체와 대상이 애시당초 성립되지 않았기 때문이다. 화를 낼 만한 상황이나 그 대상이 본래는 없었던 것이라고 생각을 돌이키면 참아야 할까 화를 내야 할까의 고민 자체가 무의미해진다는 뜻이다.

네 가지 질문을 던져라

『분노가 죽인다』를 쓴 미국 듀크대학교의 레드포드 윌리엄스 교수는 분노에 대한 여러 가지 연구를 실행한 결과를 보고하면서 "분노는 사람을 죽이기까지 한다"고 단언했다. 그가 대학생일 때 분노를 측정하는 질문지에서 분노 수준이 높게 나타났던 사람들은 50세가 되었을 때 사망할 확률이 4~7배나 높았다. 따라서 분노 수준이 높은 사람은 분노 수준이 낮은 사람보다 사망할 확률이 더 높게 나타난다는 결론이다.

그가 개발한 생활기술 프로그램은 분노를 잘 다루는 법을 알려 준다는 점에서 참고할 만하다. 윌리엄스 교수는 화를 내고 나면 자신에게 중요성, 정당성, 변경, 가치에 대한 네 가지 질문을 던져 보라고 권한다.

첫째는 중요성이다. 화를 내는 이 일이 중요한 일인가를 물어보고, 사소한 문제라면 그냥 흘려 버리라는 것이다.

둘째는 정당성이다. 자기 자신의 분노가 적절했던 것인가를 물어보고, 이성적 행동이 아니었다면 자기 반응을 수정하라는 것이다.

셋째는 변경이다. 과연 지금의 이 분노가 상황을 바꿀 수 있는 것인가를 물어보고, 무엇인가 할 수 있는 행동을 결정하라는 것이다.

넷째는 가치다. 분노의 행동이 적절했다 하더라도 과연 지금의 행동이 가치 있는가를 물어보는 것이다.

이 네 가지 가운데 하나라도 '아니다'는 대답을 얻었다면 자신의 반응을 수정해야 한다. 반대로 '그렇다'는 결론을 얻으면 행동을 취해야 하지만 공격적인 행동은 자제해야 옳다. 대신 자기주장을 논리적으로 설명하는 태도가 된다면 좋다. "다음부턴 그런 말투를 사용하지 않았으면 좋겠다!"거나 "지금 화났어!"라고 말하면서 행동변화를 요구하는 것이 보다 이성적이다.

종교와 영성靈性이 분노를 줄인다는 연구 결과가 있듯 종교적인 정서와 수행은 분노 조절의 훌륭한 길잡이가 될 수 있다. 불교에서는 '화를 잘 내는 것'은 육쟁법六諍法에 해당된다고 한다. 시비를 불러일으키는 여섯 가지 원인 가운데 하나다. 이런 가르침은 결국 '자기가 대접받고 싶으면 남을 먼저 대접하라'는 것이다. 가는 말이 고와야 오는 말이 고운 법. 이런 법문을 생활 속에서 실천하면 분노의 요인을 많이 줄일 수 있다.

성경의 말씀을 소개한다. 이 속에 분노의 삶을 살지 않을 수 있는 답이 있다.

"그 누구도 악을 악으로 갚지 말고, 그리고 또 다른 사람에게까지 친절하도록 노력하라."

오히려 고맙다

"왜 자네는 분노 속에 빠지는가? 그는 그대에게 아무 짓도 하지 않았다. 나는 과거의 어느 생에선가 내가 그에게 욕을 한 적이 있다는 것을 안다. 오늘로 그 계산이 끝났으니 나는 기쁘다. 오히려 그가 고마울 뿐이다."

어느 수피에게 침을 뱉는 것을 옆에서 지켜보던 사람이 왜 화를 내지 않느냐고 물었을 때 그 수피가 했던 말.

갑자기 누군가에게 욕을 먹었다면, 과거 자신도 모르는 사이에 그에게 욕을 했는지 모른다. 그 과보와 값을 치른다고 생각하면 화낼 일이 별로 없을 것 같다. 이것은 내 행위가 다시 내게로 돌아온 것이다. 진정한 영웅은 화를 없앤 사람이다. 화를 잘 내는 위대한 사람은 없다. 불교에서는 화를 비롯하여 번뇌를 다스릴 줄 아는 사람을 '큰 영웅'이라고 말한다. 붓다를 모신 법당을 말할 때 '대웅전大雄殿'이라고 하는 까닭도 여기에 있다.

화를 수용하는 태도에 대한 관점은 동서양이 크게 다르지 않다. 티베트 불교 경전『람림』에도 이런 내용이 실려 있다.

"남이 나에게 화를 내면 숙세 악업의 과보라고 생각하라. 만일, 순간 참아 버리면 숙세의 악업을 인욕으로 갚아 버린 것이다. 참을 수 있다면 참아라. 왜냐하면 새로운 악을 짓지 않고 많은 복이 증장되는 것이므로 오히려 은혜로 받아들여라."

화는
지옥을 만드는 것이다

불교에서 말하는 18대 지옥 가운데 도산刀山지옥이 있다. 이 지옥은 칼이 산처럼 빼곡히 박혀 있어서 그곳에 떨어지기만 해도 칼에 찔리는 고통을 받는 곳이다. 그런데 이 도산지옥에는 어떤 과보로 인하여 떨어지게 될까.

『능엄경』에는 다음과 같은 문답이 실려 있어서 흥미롭다.

"도산지옥이 있다는데, 그 지옥은 어떻게 해서 생겨납니까?"

"모든 것이 나에게 맞지 않고 제 마음대로 되지 않으면 화를 내게 된다. 바로 화를 내는 순간, 그 칼끝 같은 성질이 삐죽 솟아나게 되는데 성내는 일이 많아지면 무수히 많은 칼로 만들어진 도산지옥이 생겨나느니라."

이 문답은 도산지옥은 화를 잘 내는 사람들이 가게 되는 지옥이란 걸 알게 해준다. 즉, 화를 잘 내는 사람은 도산지옥의 형벌을 받는 것이나 다름없다.

칼은 사람을 찌르고 죽인다. 화를 내는 것은 예리한 칼끝으로 상대방을 향해

마구 휘두르고 다니는 것과 같은 상황이다. 그 칼끝으로 상처를 입히거나 또는 자기를 다치게 하기도 한다. 따라서 화를 내는 것은 스스로 도산지옥을 건설하는 것과 마찬가지. 이 얼마나 무서운 일인가. 그렇다면 분노를 다스리는 것이 지옥의 고통을 면하는 지름길이다. 화를 품고 있으면 그곳이 지옥이며, 화를 내고 있는 상황은 마음에 칼을 품고 있는 것이나 마찬가지다.

화나게 하는 음식도 있다

"화가 들어 있는 음식을 피하라. 광우병에 걸린 소나 부리 잘린 닭이 낳은 달걀 속에는 화가 들어 있다. 행복한 닭이 낳은 행복한 달걀과 순리대로 자란 암소에서 짠 젖을 먹어라. 비싸지만 적게 먹으면 된다."

위 내용은 틱낫한 스님의 법문이다. 우리를 화나게 만드는 음식은 먹지 말라는 가르침인데, 먹는 음식과 화를 내는 것에는 무슨 관계가 있는 걸까.

화가 나면 마구 먹는다는 사람들도 있는데, 화내는 것만큼이나 좋지 않은 습관이다. 화를 내면 피가 위로 올라간다. 따라서 얼굴이 붉어지게 되는 것이다. 이때 음식을 먹으면 소화도 안 되고 그대로 살과 독이 된다.

절에서는 파, 마늘, 달래, 부추, 홍거 등의 매운 양념류는 쓰지 않는다. 이것을 오신채五辛菜라고 부르는데 경전에서는 이 오신채 든 음식을 먹지 말라고 거듭 강조하고 있다. 이 재료는 익혀서 먹으면 음욕을 생기게 하고 날것으로 먹으면 화내는 성질이 생기기 때문이다. 또한 냄새가 강하며 오래 남는 특성이 있다.

'암癌' 자를 분석해 보면, 세 개의 덩어리가 산처럼 쌓이면 만들어지는 병이란 뜻이다. 여기서 말하는 세 개의 덩어리는 화, 슬픔, 스트레스다. 이 세 가지가 모든 질병의 근원이 된다는 것은 누구나 공감할 것이다.

그런데 더욱 흥미로운 것은 화를 부르는 음식이 있다는 사실이다. 똑똑한 부모들은 다 읽어 보았을 『과자, 내 아이를 해치는 달콤한 유혹』의 저자 안병수 소장의 지론은 '화난 음식이 화를 부른다'이다. 그렇다면 화난 음식이 어떤 것인지 궁금하지 않을 수 없다.

우리 주변에 넘쳐나는 대부분의 식품은 비정상적인 식품들이다. 왜 비정상적이냐 하면, 있어야 할 건 없고 없어야 할 게 들어 있기 때문이다. 여기서 있어야 할 물질이란 몸에 좋은 것으로서 비타민, 미네랄, 양질의 단백질, 섬유질 등. 이런 것들은 자연과 가까운 물질이다.

그런데 우리 주변의 인스턴트식품에는 이런 것들이 들어 있지 않거나 소량만 들어 있다는 게 심각한 문제다. 다시 말해 들어가서는 안 될 물질들이 다량 첨가되어 있다는 것이다. 예를 들면 식품첨가물로 사용하는 인공조미료와 색소나 향료 등이다. 이런 물질들은 우리 몸에 해를 끼치는 화학물질이다. 이런 식품을 생명체라고 생각해 보라. 없어야 할 것이 들어 있는 비정상적인 상태이기 때문에 굉장히 화가 나 있을 것이다. 따라서 이렇게 화난 음식을 먹으면 당연히 그 사람에게 화가 전해진다는 논리는 설득력이 있다.

이렇게 따지면 우리 몸에 화를 부르는 음식이 너무도 많다. 옛날 사람들도 화를 내고 살았을 테지만 지금처럼 그 빈도가 높지 않았다고 한다. 거의 대부분의 음식을 자연 속에서 구해 먹었기 때문이다. 즉, 화난 음식을 섭취하지 않았다는 뜻이기도 하다. 그래서 좋은 음식을 먹는 것도 화를 다스릴 수 있는 대안이 될 수 있다.

화를 덜 내게 만드는 착한 음식은 자연에서 얻어라. 단맛을 내고 싶다면 과일을 넣고, 색을 내고 싶다면 자연에서 재료를 얻으면 될 것이다. 자연의 섭리에 따르면 화 또한 충분히 온순해질 수 있다.

참는 장사를 이기지 못한다

석봉 선사는 60여 년 전에 이 땅에 살았던 인물이다. 석봉은 몸집이 좋고 눈빛이 강렬해서 절문의 사천왕 같았다고 전한다. 젊은 시절에는 주먹질 잘하기로도 유명했다 한다.

그러던 그가 30대 후반에 참선을 하겠다고 길을 나섰다. 금강산 마하연에서 1년간 참선한 그가 강원도 오대산 상원사로 갔다. 그때 그는 금강산에서 만든 마가목 지팡이를 짚고 있었는데 하룻밤 자고 나니 그 지팡이가 없어졌다. 화가 난 석봉은 "오늘 밤 안으로 지팡이를 가져다 놓지 않으면 모두 가만두지 않겠다"고 으름장을 놓았다. 그의 진노 때문이었는지 다음 날 아침 지팡이는 돌아와 있었다.

그러자 상원사에서는 그의 입방入房을 허락하지 않았다. 참선 수행이 어렵게 된 그가 물었다.

"왜 나는 이곳에서 받아주지 않는가?"

"아직도 그 이유를 모르는가? 스님은 화를 내면 꼭 사천왕 같아서 다른 스님들이 무서워서 함께 살기를 꺼린다."

걸핏하면 화를 내는 그의 행동이 다른 사람에게는 위협이 되었던 셈이다. 석봉은 그 길로 당시 상원사의 최고 어른으로 계시던 한암 스님을 뵙고 다짐을 한다.

"진심嗔心을 내려놓겠습니다. 여기서 살게 해 주십시오. 저는 약속하면 꼭 지킵니다."

이런 공약을 하고 그는 상원사에서 살게 되었다. 그런데 하루 만에 변한 그의 태도를 다른 이들은 믿으려 하지 않았다. 그들이 농담 삼아 혹은 시험 삼아 욕을 해 봐도 빙그레 웃을 뿐 절대 화를 내지 않았다. 심지어 발로 걷어차더라도 그는 잠잠했다. 그렇게 그는 열반할 때까지 40년 동안 꼭 해야 할 말이 아니면 하지 않고 침묵으로 일관하였다는 후문이다.

그런 그에게 누군가 "누가 가장 센 사람이냐?"고 물었단다. 왕이나 천하장사 쯤의 대답을 기대했지만 그게 아니다.

"참는 장사를 당할 자가 없다!"

이 대답은 세상에서 가장 강한 것은 인욕이라는 뜻. 인욕하는 자에겐 그 누구도 이길 수 없다. 그 상황을 슬기롭게 참는 것, 그게 인욕이다. 티베트 불교 경전에는 인욕의 진정한 의미를 이렇게 적고 있다.

"인욕은 두 가지로 나뉜다. 남이 해칠 때 참지 못하는 마음을 없애는 것과 위해危害를 가하는 이에게 잘못되기를 바라는 마음을 없애는 것이다."

인욕은, 분노와 원망 두 가지를 없애는 것이다. 참고 나면, 대체로 백 번 잘했다는 생각이 든다. 화를 내서 시원하기보다 참아서 즐거울 때가 더 많다. 이를 보더라도 성질 급한 사람은 화를 잘 내고, 말이 많은 사람은 끝내는 화禍를 부른다는 것을 알아야 한다.

분노를 전환하면 힘이 된다

독일의 축구 영웅, 베켄바워의 어린 시절 이야기이다.

그는 어렸을 때 그렇게 축구를 잘하는 선수가 아니었다. 그런 그가 어느 날 자기가 입단하고 싶은 한 클럽의 선배와 시합하면서 비신사적인 방법을 이용하여 골을 넣었다. 그러고는 그 선배에게 "나한테도 지면서 무슨 선배야" 하면서 비아냥거렸고 화가 난 선배는 많은 사람들 앞에서 베켄바워의 따귀를 때렸다.

그 일이 있고 난 후 베켄바워는 자신이 정말로 들어가고 싶은 클럽이었음에도 불구하고 뮌헨의 다른 클럽으로 가서 그 팀을 이기기 위해 밤을 새워 연습했다고 한다. 그에겐 분노가 오히려 힘이 된 셈이다. 분노를 역이용했기 때문에 그는 축구 황제가 될 수 있었다.

이를 보면 분노가 꼭 인간을 망치는 파괴적인 작용만 하는 것은 아니다. 티베트의 탄트라 수행에는 사람의 마음에 분노를 일으키는 에너지를 전환시키는 묵상이 있다. 이는 분노 속에도 긍정적인 측면이 있다는 것을 인정한 것이다. 따라서 분노가 항상 나쁜 것만은 아니다. 때로는 어떤 에너지를 공급하고 활력 있는 삶의 동인이 되기도 한다.

예를 들어, 나태해질 때 게으름에 대한 분노를 일으켜야 정진의 마음이 생긴다. 그래서 대분심大忿心은 구도를 향한 수행자들에게는 필요한 요건이기도 하다. 깨달음을 이루고야 말겠다는 한恨이 있다는 것은 목적을 성취하려는 열망이 간절하다는 뜻이다. 학생이 공부할 때 스스로에 대한 분심이 없으면 그 결심이 흔들리지 않겠는가.

그런데 우리는 분노를 단순히 증오심을 일으키는 데 자주 이용하고 있다는 것을 알아야 한다. 분노를 전환하면 그 에너지는 유용한 것으로 바뀐다. 스포츠 경기를 보라. 일부러 상대방에게 공격당한 것처럼 페인트모션을 해서 동료들의 분노를 자극하는 선수들이 있다. 그리고 실제로 그 분노의 힘이 경기의 전세를 역전시키는 결정적 찬스로 이어질 때가 많다. 이것은 분노의 긍정적인 잠재력 같은 것이다.

화를 이야기하는 것에는 고금이 없다. 다음은 고대 철학자 아리스토텔레스의 말이다.

"누구나 화를 낼 수 있다. 그것은 쉬운 일이다. 그러나 올바른 대상에게 화를 내는 것, 적당하게 화를 내는 것, 적절한 시기에 화를 내는 것, 올바른 목적을 위해 화를 내는 것, 올바른 방법으로 화를 내는 것, 그것은 어려운 일이다."

분노를 먹고 사는 악마가 있다

어느 나라에서 일어난 일.

왕이 외출한 틈을 타 악마가 왕궁 안으로 들어왔다. 그 악마는 아주 추한 몰골에 심한 냄새가 나고 말투도 거칠었다. 왕궁의 사람들은 공포로 몸이 얼어붙었고 그 때문에 악마는 거침없이 왕궁을 정복하였다.

어느 정도 정신을 차린 신하들이 악마가 왕좌에 앉아 있는 것을 보고 소리쳤다.

"썩 나가지 못할까! 여긴 네가 있을 곳이 아니다. 당장 그 더러운 엉덩이를 치우지 않으면 이 칼로 요절을 낼 테다."

이렇게 분노에 찬 말을 하자, 악마는 금세 키가 몇 센티미터 커지고 얼굴은 더욱 추해졌으며 악취는 더 심해졌다. 그가 사용하는 언어 또한 저속해졌다. 이상하게도 신하들이 분노에 찬 말과 행동을 할 때마다 악마는 자꾸 몸집이 커지고 몰골은 더 추해졌다.

얼마 뒤, 왕이 외출을 마치고 궁으로 돌아왔다. 그는 자신의 자리에 앉아 있는 이 거대한 악마의 모습이 역겨웠지만, 악마를 다루는 법을 알고 있었다. 그래서 왕은 말했다.

"어서 오시오. 내 궁전에 온 것을 환영합니다. 아직까지 당신에게 먹을 것을 대접하지 않았군요?"

이 친절한 한마디에 악마는 금방 키가 몇 센티미터 줄어들었고 냄새도 덜해졌다. 신하들은 재빨리 상황을 파악하고 친절하게 대해 주었다. 그럴수록 악마는 "음, 좋은데!" 하면서 몸집이 점점 작아져 갔다. 그렇게 계속 친절을 베풀자 악마는 너무 작아져서 잘 보이지도 않았으며 급기야는 소멸해 버리고 말았다.

이러한 악마를 '분노를 먹고 사는 악마'라고 부른다. 악마에게 화를 내면 낼수록 그 몸집이 커지듯이 분노를 분노로써 다스리면 독성은 더 강해진다는 것을 알아야 한다.

만약 당신이 배우자에게 화를 낸다고 생각해 보라. 그럴수록 그는 더 나빠지고 두 사람 간의 문제는 더욱 심각해질 것이다. 그러나 친절하게 대하면 문제의 부피는 점점 작아진다. 우리가 화나는 마음을 인정하고 해결하려 할 때 그 고통은 점점 줄어들고 때로는 완전히 사라지기까지 할 것이다.

다음은 태국의 고승 아잔 차의 제자 아잔 브라흐마의 강연이다.

"우리들의 문제는 화를 즐긴다는 것이다. 화에는 중독성이 있고 묘한 쾌감이 있다. 그리고 우리 인간은 쾌감을 주는 것을 쉽게 버리지 못한다. 그러나 화에는 위험도 뒤따르며 그 결과는 쾌감의 정도를 능가한다. 분노의 열매가 무엇인가를 깨닫고 그것의 연관성을 기억한다면 우리는 기꺼이 화내려는 마음을 내려놓을 것이다."

우리들의 문제는 화를 즐긴다는 것이다.
화에는 중독성이 있고 묘한 쾌감이 있다.
그리고 우리 인간은 쾌감을 주는 것을 쉽게 버리지 못한다.

참회의 기도를 하라

중국 하남성에 여산걸이라는 사람이 살고 있었다. 이 사람은 마을에서 얼마나 악명이 높았던지 우는 아이에게 "여산걸이 온다"고 말하면 울음을 뚝 그칠 정도였다. 이 사람이 기록한 신앙고백을 읽게 되었는데 때마침 이런 내용이 눈에 띄었다.

하루는 친구들과 함께 웃고 떠들면서 길을 가는데 뒤에서 경적 소리가 들려왔다. 고개를 돌려 보니 외지에서 온 큰 화물차여서 여산걸은 그냥 무시하고 길을 걸었다. 그러자 그 차는 경적을 더 크게 울려 여산걸을 깜짝 놀라게 했다. 이에 여산걸이 운전자를 향해 "너 죽고 싶어?"라며 욕을 퍼부었고 운전기사도 차를 멈추고 머리를 내밀어 "네가 죽고 싶은 거 아니냐!"라며 맞받아쳤다. 여산걸은 그 말을 듣고 화를 참지 못해 차에 뛰어올라 기사의 멱살을 잡았고 그래도 분이 풀리지 않아 운전기사를 때렸다.

그는 이렇게 괴팍한 성질 때문에 남을 많이 괴롭히고 나쁜 짓을 많이 했다. 그런 여산결이 언젠가부터 온갖 질병에 시달리게 되었는데 전신이 무력해지고 때때로 쇼크현상이 나타나기도 하였다. 병원에서 치료를 하였지만 별 차도가 없었다. 그러던 차에 우연히 불교를 만나게 되었고 스승들의 가르침을 통해 자신의 병은 육식을 위해 살생하고 남을 때린 과보라는 것을 알게 되었다.

그 후로 여산결은 자신의 잘못을 진심으로 참회하였다. 그리하여 몇 천배의 절을 하면서 진심으로 자신의 잘못을 뉘우치고, 자신이 괴롭힌 사람들에게 기도의 공덕을 회향하였다. 그러는 동안 그의 인생은 새롭게 달라졌으며, 주변 사람들도 그를 피하지 않고 귀신이 사람으로 변하여 인간 세상으로 온 것이라고 칭송하였다.

화낸 결과로 인해 많은 이들에게 상처를 주었다면 그 과보는 분명하다. 그래서 화를 내 버렸거나 계속 참고 있다면 참회의 기도를 해야 한다. 참회 기도는

'내가 당신의 마음을 이해하지 못했습니다. 당신 입장에서는 그럴 수도 있었는데 내가 너무 내 입장만 고집해서 당신을 이해하지 못하고 미워했으니 제가 잘못했습니다'라고 생각을 돌이키는 것이다. 이를테면 자신을 향해 진정으로 고해성사를 행하라는 말이다.

상대방의 마음을 이해한다는 것은 곧 내가 참회하는 것과 직결된다. 참회한다는 것은 상대편 입장에서 이해하기의 일환이기도 하지만, 나만 옳다는 자만을 내려놓는 방법이기도 하다. 내가 잘못한 게 없다고 생각한다면 참회의 기회는 오지 않을 수도 있다. 그러나 잘못을 인정하면 미움과 원망의 그림자가 따르지 않는다.

화에도 과보가 따른다

중국 오대산에서 폐관수행을 통해 큰 깨달음을 이루었던 묘법 노스님은 인과의 무서움을 자주 이야기하셨다. 그의 어록語錄에 다음과 같은 이야기가 실려 있다.

어느 날 50세 전후의 여 신도가 찾아왔다. 그녀는 남편과 일찍 이혼하고 고생스럽게 키운 딸이 명문대학을 졸업했는데도 자신의 마음과 상반되는 행동을 계속한다는 것이었다. 그 이유가 궁금해서 왔단다.

그녀에게 물어보았다.

"딸을 임신한 지 6개월이 되었을 무렵, 남편에게 두 번 연속 화를 낸 적이 있는지요?"

그녀는 생각해 보고 나서 답하였다.

"있습니다. 두 번 화를 낸 적이 있습니다."

그녀는 남편과 이혼하기 전에 화를 자주 냈고, 서로 신뢰를 잃어 헤어지는 과정을 겪었다. 그러나 남편을 사랑하지 않은 것은 아니었다. 다만, 사랑을 표현하는 방식이 문제였다. 이를테면 이혼도 자존심과 오기 때문에 했다는 것을 고백했다.

"지금까지 재혼하지 않은 것도 회한과 남편에 대한 그리움 때문이죠?"

이렇게 다시 묻자, 그녀는 실성한 듯 통곡하였다. 이윽고 그녀에게 딸이 어째서 그런 행동을 하는지 설명해 주었다.

"배 속의 태아는 당신이 남편과 싸울 때 당신에 대하여 화가 났으며, 결국 당신의 분노는 태아의 간장肝腸을 상하게 하였습니다. 이혼으로 말미암아 딸은 아버지의 사랑마저도 잃게 되었습니다. 그리고 당신이 아버지를 공격하여 자신을 맡아 키우게 된 것에 대하여 마음속으로 원한이 남아 있습니다. 사실 당신은 일찍부터 내심으로 남편에 대해 잘못한 것을 참회하면서도 밖으로는 인정하지 않으려고 하였습니다. 지금이라도 남편의 가정생활에 영향을 주지 않는 상황에서 당신의 참회를 알게 하고, 아울러 딸에게도 참회하는 마음으로 대해야 할 것입니다. 당신의 잘못으로 딸에게 아버지의 사랑을 잃게 하였으니 말입니다. 성심으로 집에서 『양황보참梁皇寶懺 : 양무제가 지은 참회법』을 세 번 읽으면 딸은 당신에 대한 태도를 바꿀 것이며 앞으로 효성스러운 딸이 될 것입니다."

화를 내는 것에 따른 허물이 수없이 많을 것이지만 특히 임신 중에는 조심해야 한다. 분노의 기운이 태아에게 그대로 전달된다면 이 얼마나 끔찍한 일인가. 부모로서는 오래오래 미안한 일이 될 것이다. 만약, 자신의 주변에서 아이가 거칠게 행동하거나 반항적인 태도를 보인다면 임신 중에 화를 낸 일이 없는지 떠올려 보아야 하리라.

화를 내고 시간이 지나갔다고 안심해서는 안 된다. 세월이 지났다 하더라도 반드시 그 일에 대해 참회하여야 과보의 그림자가 생기지 않는다. 물건을 훔치는 것은 죄라고 말하면서 화를 내는 것은 죄업이라 생각하지 않는 것이 우리들의 정서다. 그러나 화를 내는 것에도 죄가 누적된다. 무심코 화낸 일에 대해 참회하는 것은 다가올 화의 굴레를 예방하는 일이다.

화가 나서 장가를 가더라

강연 시간에 이런 농담을 던졌다.

"갑돌이가 장가를 왜 갔을까요?"

정답을 기다리는 눈치라서 말했다.

"화가 나서 갔습니다!"

노랫말 '화가 나서 장가를 갔더래요'라는 설명까지 하면 폭소가 터진다. 그러나 단순히 웃고 넘길 일은 아니다. 화가 나면 사랑하지 않는 사람과 결혼할 수도 있지 않겠는가. 분노와 증오는 이성을 마비시키는 마약과 같으니 말이다.

화는 대부분의 경우 기대와 예측이 무너진 데서 촉발된다. 우린 때로 어떤 일에 너무 집착하기 때문에 원하는 결과가 다가오지 않으면 화를 내기 일쑤다. 앞서 말한 갑순이가 자기에게 올 것이란 기대와 예측이 불발되었기 때문에 갑돌이는 화가 났을 것이다.

이는 다른 일에서도 마찬가지다. 예를 들어 편안한 여행을 기대했는데 옆자리에서 취객이 떠든다면 미리 정한 자신의 예측과 어긋난 상황이기 때문에 더욱 짜증이 나는 것 아닌가.

그래서 자신이 원하는 결과는 어디까지나 미래에 대한 기대이며 예측에 불과하다는 것을 알아야 한다. 왜냐하면 미래는 언제나 불확실하며 예측 또한 정확하게 맞아떨어지지 않기 때문이다. 세상일 또한 자신이 원하는 결과대로 이루어지지 않는다는 전제가 무엇보다 필요하듯이, 때때로 변수가 생길 수 있다는 이런 인식은 짜증과 화를 다스리는 일에 무척 도움이 될 것이다.

작전상 화를 내라

화를 내려면 크게 내라.
그리고 짧게.
그렇게 마음먹으면
결코 혼란에 빠져들지 않는다.

몽테뉴

청중 두 사람에게 '서로 화나게 하는 말하기' 게임을 시킨 적이 있다. 그런데 어떤 말을 해도 서로가 웃었다. 왜냐하면 게임이라는 것을 이미 알고 있기 때문에 쉽사리 화난 상황으로 몰입되지 않는 것이다. 즉, 화에서 한 발짝 물러나서 보게 된다는 말이다.

이처럼 화를 객관적으로 보는 훈련이 필요하다. 누가 화를 돋우면 '이 사람이 나를 시험하는구나' 생각하면 그 상황에 휘말리지 않을 수 있다. 반대로, 불가피하게 화를 내야 해결될 상황이면 '내가 잠시 화를 내야겠다'라고 생각하면 그 상황에 깊이 빠지지 않을 수 있다. 한마디로 화를 낼 때 '모의전투'라고 생각하라는 것이다.

몽테뉴의 일갈은 화를 낼 때 자신의 모습을 보고 있으라는 말이다. 그래서 화를 크고 짧게 낼 수 있다면 그는 현명한 사람이다. 또한 훈계용으로 딱 일 절만 할 수 있어야 혼란스럽지 않다는 것도 일러두고 싶다.

자존심을 건들지 말라

붓다가 살던 시대에 '흉악'이라는 별명을 가진 촌장이 있었다. 그는 마을 사람들이 자신을 '흉악'이라는 별명으로 부르는 것에 대해 무척 속이 상했다. 그래서 어느 날 붓다를 방문하여 다음과 같이 물었다.

"붓다여, 사람들이 저를 가리켜 자꾸 '흉악'이라고 부릅니다. '선량'이라고 불려도 뒤에서 욕하는 사람이 많을 터에 '흉악'이라고 불리고 있으니 참 괴롭습니다. 도대체 무슨 잘못 때문인지요?"

붓다의 명쾌한 답변이 그 시대라고 달랐을 것인가. 촌장의 질문을 받고 하신 말씀이다.

"촌장이여, 그대는 무엇보다도 남에게 화를 잘 내고, 화를 내기 때문에 나쁜 말을 하며, 남들은 그 때문에 그대에게 나쁜 이름을 붙인 것이다. 스스로 화를 내어 남을 화나게 만들고, 남이 화를 내어 자신은 더 크게 화를 내게 된 것이다. 그리하여 그대는 '흉악'이라는 별명을 얻게 된 것일 뿐 다른

스스로 화를 내어 남을 화나게 만들고
남이 화를 내어 자신은 더 크게 화를 내게 된 것이다。
그리하여 그대는 「흉악」이라는 별명을 얻게 된 것일 뿐 다른 원인은 없다네。

원인은 없다네."

촌장은 붓다의 말씀이 가슴에 와 닿았는지 그 후로 화내기와 거친 말 하기를 삼갔다고 한다.

성질과 역정 내는 일이 습관이 된 사람은 주위 사람에게 절대 좋은 평판을 들을 수 없다. 면전에서 욕을 하지 않더라도 배후에서는 언제나 매너와 교양이 없는 사람이라고 손가락질하게 마련이다. 버럭버럭 고함치는 사람은 가족이라 하더라도 그를 싫어하고 외면한다.

화에 대한 행동실험에 따르면, 우리가 가장 많이 화를 내는 경우는 불평등한 대우를 받았을 때라고 한다. 남과 다르게 대우 받아서 자신의 자존감이 아주 심하게 훼손되었을 때 사람들은 굉장한 분노를 느낀다. 쉽게 말해 자존심이 분노의 아킬레스건이 되는 것이다.

우리 뇌에는 아주 어렸을 때부터 만들어진 '인슐라'라는 영역이 있는데, 역겨움이나 정신적 고통을 표상하는 영역이라고 알려져 있다. 즉, 더러운 모습이나 고통스러운 기억은 이 인슐라가 담당하는 것이라고 할 수 있다. 그런데 이 '인슐라'가 활동을 시작하는 경우가 한 가지 더 있는데, 바로 사회적으로 몹시 부당한 대우를 받았을 때다. 그래서 사람은 아주 어린 나이에도 화를 내는 것이다. 아이가 왜 울겠는가. 분노의 표현이다.

화를 유발하는 원인은 참 다양하다. 이러하다면 자존심을 건들지 않는 것은 상대방을 화나게 하지 않는 하나의 비결인 셈이다.

상황의 노예가 되지 말라

옛날 어떤 마을에서 처녀가 임신을 하게 되었다. 부모는 놀라서 딸을 다그쳤다.

"어느 놈의 자식이냐?"

궁지에 몰린 딸은 엉뚱한 이름을 대고 말았다.

"동네 위에 있는 절의 백은 스님이에요."

놀랍기 이를 데 없는 소리였지만 덕망 높은 사람의 소행이라 더 실망스러웠다.

딸의 부모는 백은 스님을 찾아가 한바탕 욕설을 퍼붓고 딸을 책임지라고 하였다. 그러자 스님은 담담하게 "아, 그래요?" 할 뿐이었다. 그리고 마침내 딸이 아들을 낳아 부모가 그 사실을 알려도 스님은 "아, 그래요?" 할 뿐 더 이상 반응을 보이지 않았다.

일이 이렇게 되자 괴로워진 딸이 모든 사실을 고백하였다. 딸의 부모가 진실이 밝혀져 사과하러 찾아갔다. 이때 백은 스님은 웃으며 한마디했다.

"아, 그래요?"

이 일화에 등장하는 백은 스님은 18세기에 활동했던 일본 임제종의 대표적인 선사다.

화가 머리끝까지 치솟아서 친구와 싸움을 한다고 생각해 보라. 싸우는 순간 친한 친구라는 사실을 까맣게 잊어버리고 그저 화나는 대로 욕을 하고 주먹이 날아간다. 이때는 이성적 판단도 상실해 버린다. 이렇게 실수를 하고 난 다음에 후회하고 한탄하지 않겠는가. 그런데 백은 선사는 상황의 노예가 되지 않았다.

종교마다 순간순간 깨어 있으라는 말을 많이 한다. 깨어 있다는 것은 현재의 상황을 분명히 인식하고 있다는 뜻이다. 이를테면 깨어 있다는 것은 화를 내면 연쇄적으로 일어날 상황들을 미리 간파하여 몸과 마음을 조절

할 줄 아는 능력이 있다는 것이다. 앞으로 전개될 상황을 훤히 들여다볼 줄 아는 수행자는 그 어떤 돌발적 상황에도 흔들리지 않는다. 이를 일러 연기緣起적 통찰이라고 한다. 지혜로운 자는 화의 조건과 작용을 먼저 관찰하고 자신의 고민으로 만들지 않는다. 그래서 백은 선사의 인욕이 우리에게 더 값진 교훈으로 다가오는지도 모른다.

이럴 때 붓다는 "부서진 종과 같이 되어라"고 가르쳤다. 금이 간 종은 때려도 소리가 나지 않는다. 아무리 공격을 받아도 이쪽에서는 반응을 보이지 않는 것이다. 이쯤 되면 화내는 사람은 제 풀에 꺾여 스스로 그치고 만다. 다소 억울한 일을 당했더라도 화를 내지 않으면 나중에는 화를 낸 상대방이 먼저 용서를 구할 처지가 되는 게 돌고 도는 세상 이치다.

화를 잘 내면 흉이 된다

여러 사람이 사랑방에 모여 그 자리에 없는 어떤 사람에 관하여 말하고 있었다. 이야기 도중에 한 사람이 이렇게 말했다.

"그 사람은 사람됨이 참 좋아. 그런데 두 가지의 고질병이 있어. 하나는 화를 잘 낸다는 것이고, 다른 하나는 일을 경솔히 처리한다는 점이야."

때마침 그 사람이 문 밖을 지나가다가 그 말을 듣게 되었다. 그는 자신의 흉을 보는 것을 듣고 화가 치밀어 문을 박차고 들어갔다. 그러고는 자기의 허물을 말한 사람을 주먹으로 치고 발길질을 하며 그 사람에게 화를 냈다.

옆 사람이 그를 말리며 물었다.

"이게 무슨 짓이오. 왜 이 사람을 때리시오."

그가 대답했다.

"나를 두고 화를 잘 내며 경솔하다고 흉을 보는데 화내지 않을 수 있겠소?"

이 말에 옆 사람이 비웃으며 한마디했다.

"아니, 이보시오. 지금 당신의 행동은 뭔가? 그것은 화를 잘 내고 경솔한 짓을 하는 것이 아니란 말이오? 어째서 그 말을 싫어하는가?"

그러자 화를 냈던 사람은 그만 얼굴을 붉혔다.

5세기경 인도의 승려 상가세나가 비유 98종을 뽑아 편찬한 『백유경』에 실려 있는 이야기.

자신을 향해 성질 잘 내는 사람이라고 흉을 보면 솔직히 인정할 사람은 별로 없을 것이다. 대부분은 더 역정을 낼지 모른다. 남의 흉을 보는 것도 잘못된 일이지만 성질 때문에 흉 잡히는 일은 더욱 잘못된 일이다. 그런데 살아가는 세태를 들여다보면 화를 내고서도 부끄러운 줄 모르고 오히려 당당한 사람들이 많다.

화를 내는 행위는 도끼로 자기 발등을 찍는 것과 같다. 자기의 발등을 자신이 찍는 것은 인간밖에 없다. 이런 악습을 고치지 않으면 그보다 더 끔찍한 일이 언제든지 생길 수 있다는 것을 명심하라. 화를 잘 참는 사람에게 화를 잘 낸다고 말하면 그건 흉 보는 것이다. 그러나 실제로 화를 잘 내는 사람에게 그 말은 흉이 아니라 타당한 지적이다.

癡

어리석은 마음 다스리기

잠자는 중에 일어나 기침하는 것은 살아 있다는 증거다.
사소한 것에 대해 귀찮은 마음이 생기면, 그 사소한 일을 내 생애의 마지막 일이라고 생각해 보라.
그 사소한 기침이 오히려 고맙게 느껴질 것이다. 살아 있으므로 자질구레한 일이 따른다.
어리석음이 눈을 가리면 그 충분한 축복마저 알아채지 못하게 된다.

세상일에서 쉽게 무너지고

자신의 뜻대로 되지 않는 일이 더 많다고 생각해 보라.

인생사가 어느 정도 겸손해지고 교만도 줄어들 것이다.

영원할 것이 없는데 잠깐의 허명虛名에

목숨 바칠 일은 아니다.

무상을 인식하라

세 명의 수행자가 모여서 이야기를 나누었다.

"자네는 어떤 인연으로 깨달음을 얻었는가?"

한 수행자가 말했다.

"나는 과수원에서 아주 풍성하고 잘 익은 포도를 눈여겨 두었는데 석양이 되어 사람들이 모두 따 가서 어지러이 땅에 떨어진 것을 보고 덧없음을 깨달았다네. 그래서 도를 얻었다네."

또 한 수행자가 이렇게 말했다.

"나는 물가에 앉아 어떤 부인이 그릇 씻는 것을 보았는데 팔찌가 낡은 것을 보고 보석도 필경에는 그 색을 잃고 만다는 이치를 깨달았다네. 나는 그것을 보고 도를 얻었다네."

이번에는 나머지 한 수행자가 말했다.

"나는 연못가에서 무성하고 아름다운 연꽃을 보았는데 수십 대의 수레가 와서 꽃을 모두 꺾어 가는 것을 보고 만물의 덧없음이 저러하다는 것을 깨닫고 도를 얻었다네."

세상에서 영원한 것은 그 무엇도 없다. 아무리 빛나는 보석일지라도 언젠가는 빛을 잃게 되어 있고, 그 어떤 재산이나 권력도 결국 무너지고 마는 게 세상의 철칙이다. 이러한 진리를 무상이라 말한다. 한순간도 고정되어 있지 않고 변화하는 진리를 부정하거나 거역하는 자는 그래서 어리석다.

이런 무상에 대한 자각을 통해 삶의 욕망과 집착을 내려놓아야 한다. 삶의 본질이란, 이처럼 변화하는 것을 인식하는 통찰력 같은 것이다. 따라서 내 삶의 변화를 인정하는 것이 깨달음이다. 그 변화는 즐거운 시절을 괴로운 시절로 바뀌게 하기도 하고, 괴로운 시절을 즐거운 시절로 바꾸어 주기도 한다.

다시 말해 세상일이 무상하기 때문에 역전의 인생이 가능하다. 지금 소외되고 불행한 삶을 산다 하더라도 희망을 버리지 않으면 복된 삶을 맞이할 수 있는 것도, 모든 현상이 끊임없이 변하기에 가능한 것이다. 따라서 무상의 본뜻은 '좋은 것이 없어진다'는 허무의 느낌보다는 '나쁜 것도 없어진다'는 긍정적 경향을 더 많이 지니고 있다.

세상일에서 쉽게 무너지고 자신의 뜻대로 되지 않는 일이 더 많다고 생각해 보라. 인생사가 어느 정도 겸손해지고 교만도 줄어들 것이다. 영원할 것이 없는데 잠깐의 허명虛名에 목숨 바칠 일은 아니다. 여러 차례 반복하는 말이지만 세상일이 덧없다는 것은 허무하다는 의미가 아니라 집착하지 말라는 가르침.

세상에서 영원한 것은 그 무엇도 없다.
아무리 빛나는 보석일지라도 언젠가는 빛을 잃게 되어 있고,
그 어떤 재산이나 권력도 결국 무너지고 마는 게 세상의 철칙이다.
이러한 진리를 무상이라 말한다.

나보다
못한 사람을 생각하라

살아가면서 어떤 곤경에 빠지거나 위기를 만나면 자신의 상황이 최고로 절박하며 지금의 고통이 몇 배로 크게 느껴진다. 이때는 자신의 아픔밖에 보이지 않는다. 그래서 자신만 이런 어려움을 겪는다고 한탄하며 긴 한숨을 쉰다. 그러나 고개를 돌려 보면 주위의 많은 사람들이 그들 나름의 고통을 감내하고 있다는 것을 알게 된다. 그러므로 현재의 고난을 건너는 방법은 나보다 더 힘든 이들을 떠올리는 일이다. 그럴 때 자신 안에서 용기와 희망이 소생한다.

"일이 뜻대로 되지 않을 때는 나보다 못한 사람을 생각하라. 원망하고 탓하는 마음이 저절로 꺼지리라."

『채근담』에 실려 있는 가르침이다.

내가 힘들면 타인의 삶이 무척 행복해 보일 수가 있다. 이것은 이웃의 고통을 외면하는 데서 오는 번뇌이다. 이때는 자신보다 더 불행한 처지에 놓인 인생을 들여다보아야 한다. 그래야 지금의 상황을 탓하지 않는다. 그러므로 위보다는 아래를 보고 사는 게 정신건강에 이롭다.

쇼펜하우어도 "어떤 재난을 당하였을 때 가장 효과적인 위로는 자기보다 더 불행한 사람을 돌아보는 일"이라는 교훈을 남겼다. 일상에서 행복한 조건만을 따지는 어리석은 사람들이 많다. 궁극적으로 행복이 무엇인가. 불행한 일이 없으면 그것이 행복이다.

"불행이 적을수록 행복지수는 높아진다."

이것이 내가 알고 있는 행복 공식이다.

꼬리를 따라가면 안 된다

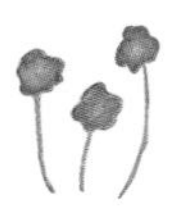

귀여운 강아지가 자신의 꼬리를 뒤쫓으며 빙빙 돌고 있었다.

그 모습을 본 어미 개가 강아지에게 물었다.

"너는 왜 꼬리를 뒤쫓고 있니?"

그러자 강아지가 말했다.

"엄마, 저는 진리를 깨쳤어요. 저 이전의 어떠한 개도 해결하지 못한 우주의 문제들을 해결했어요. 개에게 가장 좋은 건 행복이라는 것을 알았고, 그 행복은 바로 나 자신의 꼬리에 있다는 사실을 깨달았어요. 그래서 나의 꼬리를 뒤쫓고 있는 거예요. 제가 꼬리를 잡을 수 있을 때 저는 행복해질 거예요, 분명!"

이 말을 듣고 어미 개가 말했다.

"아가야, 나도 나 나름의 방법대로 우주의 문제에 관심을 기울여 왔고 몇 가지 답을 얻게 되었단다. 나도 개에게는 행복이 좋으며, 그 행복은 내 꼬리에 있다고 판단했단다. 그러나 내가 나 자신의 일에 열중할 때 그 꼬리는 자연히 나를 따라오기 때문에 그것을 뒤쫓을 필요가 없다는 것을 비로소 깨닫게 되었단다."

이 이야기를 읽으면서 나 스스로 이런 질문을 던져 본다.
행복을 추구하며 좇아 가는가, 행복을 만들어 가는가?

무지개를 잡으려는 사람이 아무리 들판을 내달려도 무지개는 또다시 저 산 너머에 있듯이 행복을 잡으려는 사람에게 행복은 언제나 멀리 있다. 그래서 행복을 좇아 가면 안 된다.

지금 내가 하고 있는 일이 행복을 찾는 최선일지 모른다. 지금보다 더 나은 시절이 없다. 다른 날을 기다려 보고 다른 일을 갈망해 보아도 어디까지나 아직 다가오지 않은 행복일 뿐이다. 사람이 어리석은 것은 언제나 행복을 기다리고 있기 때문이다. 따라서 살아가는 일 자체가 행복의 여로이어야 한다.

내일의 약속에 기대어 그 문 앞에서 몇 년이고 서성거리는 사람들이 많다. 그러나 '내일'은 오지 않는다. 왜냐하면, 내일이 오늘이 되면 그 '내일'은 또다시 다음날로 달아나 있으니까. 그러므로 오늘이 내 생애에서 가장 젊은 날이다. 내일의 행복을 위해 오늘의 소소한 일상을 낭비하는 것은 잘못된 일이다. 지금 열심히 살면 행복은 뒤따라온다. 마치 개의 꼬리가 머리를 따라오듯이…….

인도의 성자 간디는 자신의 일기에 이와 같이 적었다.

"우리가 행복을 좇아 가면 행복은 우리를 피해 간다.

사실 행복은 내부로부터 오는 것이다.

행복은 밖에서 살 수 있는 물건이 아니다."

잠이 깨는 것은
살아 있다는 증거다

기침 때문에 잠이 깬 노인이 투덜댔다.

"이렇게 자꾸 잠이 깨는 건 정말 성가신 일이야."

그러자 옆에 누워 있던 다른 노인이 말했다.

"하지만 당신이 살아 있다는 걸 확인하는 데 그것만큼 좋은 방법이 없지, 안 그런가?"

두 사람은 서로를 보며 낄낄거리고 웃었다.

한밤중에 깨어나는 게 성가시면 영원히 잠들면 될 것이다. 잠자는 중에 일어나 기침하는 것은 살아 있다는 증거다. 사소한 것에 대해 귀찮은 마음이 생기면, 그 사소한 일을 내 생애의 마지막 일이라고 생각해 보라. 그 사소한 기침이 오히려 고맙게 느껴질 것이다. 살아 있으므로 자질구레한 일이 따른다. 어리석음이 눈을 가리면 그 충분한 축복마저 알아채지 못하게 된다.

일본의 어느 하이쿠 시인은 "얼마나 운이 좋은가, 올해도 모기에게 물리다니!" 하며 하루의 삶에 감사했다. 살아 있으니까, 모기에게도 물린다. 자신의 생애에서 내년 여름을 만나지 못하면 모기 때문에 고생할 일은 없을 테다. 그러므로 살아 있는 것 자체가 충분한 축복이다.

밥그릇이나 씻어라

평범한 일상에서 의미를 찾는 것, 이게 깨달음일 수 있다. 따로 특별한 지름길이나 비법이 있는 게 아니다.

조주 선사에게 어떤 젊은 스님이 아침 일찍 찾아왔다.
"인생의 지침이 되는 가르침을 구하고자 왔습니다."
이 말을 듣고 선사는 대수롭지 않다는 듯 물었다.
"아침 공양은 했는가?"
"네, 공양을 했습니다."
"그렇다면 발우를 씻게."

밥을 먹었으면 밥그릇을 씻는 것은 너무나 당연한 일상이다. 이를 외면하고 따로 진리가 없다. 일상을 떠나서 기상천외한 진리가 존재하지 않는다. 제자는 어리석어서 그걸 몰랐다. 그래서 아침부터 찾아와서 특별한 가르침을 요구하였던 것이다. 논리는 비논리로 대응할 때 파격적인 깨달음이 올 수 있다.

등잔과 등불은 별개의 존재가 아니다. 등잔을 떠나 어찌 불을 밝힐 것인가. 이와 같이 현실과 멀어져 있는 깨달음은 없다. 밥을 먹었으면, 발우나 씻어라. 어째서 이 대답이 어리석은 안목을 깨우치는 법문이 되었을까? 만약, 설거지는 하지 않고 그 앞에서 공부만 구한다면 참생활인이 아니다. 사소한 일에 가치를 두지 않으면 그건 선의 실천이라 할 수 없다.

선 수행의 정신은 온전한 집중이며 순수한 몰입이다. 따라서 눈앞의 일을 나중의 일로 미루는 것은 수행자의 자세가 아닐 것이다. 몸 있는 곳에 마음도 두어야 올바른 공부다.

원인은 자신에게 있다

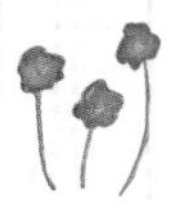

스승과 제자가 소에게 수레를 끌게 하여 짐을 나르던 중에 갑자기 서 버렸다.

"이놈의 수레가 꼼짝하지 않습니다, 스승님."

제자가 수레바퀴를 힘껏 밀어 보았지만 수레는 더 이상 나아가지 않고 있었다.

이 모습을 지켜보던 스승이 혀를 차며 제자를 나무랐다.

"수레가 가지 않는다면 소를 때려야 하겠느냐, 수레를 때려야 하겠느냐?"

당대唐代의 선승이었던 남악 회양 선사가 그의 제자 마조 도일을 일깨워 준 일화다.

수레에게 채찍질하는 이는 당연히 어리석은 자다. 일이 안 될 때는 그 원인을 자신에게서 찾아야 옳다. 그런데 현 세태는 잘못된 결과의 원인을 남에게로 돌리거나 시절을 원망하며 자신 밖에서 그 이유를 찾으려 한다. 일이 안 될 때는 그 중심에 자신이 있다는 사실을 알아야 한다.

태국 출신의 고승 아잔 차 스님은 "엉덩이가 가려운 사람이 머리를 긁고 있다. 긁어도 긁어도 가려움이 사라지지 않네"라고 했다. 자신의 문제를 놓고 다른 사람을 탓하는 것은 엉덩이가 가려운데 계속 머리를 긁는 것과 같다. 자신의 실수를 남에게 슬쩍 넘기는 태도는 가장 궁색하고 어리석은 변명이다.

세상에는 두 척의 배만 있다

중국 황제 건륭제가 진강鎭江 금산사金山寺의 법반 선사와 산 정상에 올라 양자강의 경치를 구경하고 있을 때였다.

멀리 물길을 바라보며 건륭제가 선사에게 물었다.

"하루 동안 양자강을 오가는 배가 몇 척이나 있나요?"

"겨우 두 척밖에 안 됩니다."

건륭제는 매우 이상하다고 생각하며, "어떻게 그것밖에 안 되지요?"라고 물었다.

선사는 다시 대답했다.

"명예를 좇는 배 한 척, 이익을 좇는 배 한 척. 모두 두 척일 뿐이지요."

선사의 현답賢答이 영혼을 울린다. 세상에 수많은 사람이 있지만 요약하면 두 부류다. 명예를 좇는 자와 이익을 좇는 자. 일생을 공명功名과 이록利祿에만 힘쓰

다가 세하世河에 떠내려간 자들이 얼마나 많은가. 명리를 초월하여 살기 힘든 것이 인생이지만 이 두 가지에서 물러날 때를 알기란 더더욱 어렵다.

그래서 노자는 '만족할 줄 알면 굴욕을 면할 수 있고 그칠 줄 알면 위험을 불러들이지 않는다'고 했을까. 가끔 재기를 노리는 백발성성한 정치인이나 기업인들을 볼 때마다 허명을 버리지 못하는 그들의 노욕老慾이 지나치다는 생각이 든다. 노년의 우치愚癡는 자식이나 후인에게 큰 교훈을 주지 못한다.

인생은 산에 오르는 것이다

미국의 철학자이며 교육학자인 존 듀이. 그는 93세로 세상을 떠나기 전까지 끊임없이 연구하여 많은 논문을 발표하였고, 그런 활동 덕분으로 수많은 명예학위와 훈장을 받았다. 그가 고향에서 열린 90회 생일 축하 파티에 참석했을 때, 어떤 젊은이가 물었다.

"어떻게 하면, 선생님처럼 위대한 생애를 살 수 있습니까?"

이 질문을 받고 듀이는 이렇게 대답했다.

"산에 오르게."

그러자 젊은이가 또 물었다.

"산에 올라 무엇을 합니까?"

듀이의 대답은 망설임이 없었다.

"다시 올라갈 다른 산을 보기 위해서라네."

그의 말대로, 인생은 산에 오르는 것이 아닐까. 무엇을 해야 할지는 산에 올라 생각해도 된다. 오를수록 입지는 좁아지고 시야는 넓어진다. 그런데 우리는 산에 오르지도 않고 정답을 얻으려 할 때가 많다. 산에 오르기 전에는 산의 의미를 모르는 법이다.

인생은 굽이마다 할 일이 있다. 30대는 그 나름의 일이 있고, 40대는 그 나름의 의미가 있게 마련이다. 산에 오르지 않으면 다른 산을 보지 못한다. 따라서 현재를 무의미하게 보내면 다음의 일도 따라오지 않는다. 하나의 일을 끝내면 현실에 안주하지 말고 다음 일을 찾아 나서야 한다. 일에 대한 열정은 나이도 막지 못한다. 그러므로 일을 할 수 있는 조건이면서도 놀고먹는 자는 참 한심하고 어리석은 사람이다.

한쪽 귀를 열어 놓아라

티베트의 위대한 스승, 밀라레빠Milaraspa. 음유시인으로 유명한 그는 시집 『십만송』을 남겼는데, 티베트 불교에서는 성인으로 추앙 받는 인물이다. 그런 이유로 사원마다 밀라레빠를 표현한 그림을 모시고 있는데, 특이한 것은 그가 오른손을 귀에 대고 경청하는 자세를 취하고 있다는 점이다.

왜 오른손을 귀에 대고 더 자세히 들으려고 하는 걸까. 그에게는 세상의 모든 일들이 궁금하고 경이롭기 때문이다. 어찌 보면 중생들의 음성을 더 자세히 들어 보려고 하는 자세 같다. 마치 중생들의 고통을 해결해 주고 소원을 이룰 수 있도록 성큼 나서서 도와줄 표정이다.

밀라레빠의 모습을 보면서 귀의 기능에 대해 생각해 보게 된다. 신체에서 귀는 좌우로 위치하고 있어서 소리를 보다 정확하게 파악할 수 있다. 입은 하나인데 귀는 왜 두 개일까. 그것은 말하는 것을 자제하고 들어 주는 시간에 더 많이 할애하라는 의미이다. 즉, 직언이나 충고를 고맙게 수용해야 할 신체구

조인 것이다.

한자 '성인 성聖' 자를 파자해 보면, '귀耳'와 '입口' 아래에 '임금王'이 있다. 상대방의 말을 다 듣고 자신의 말을 하는 것이 진정한 왕이라는 의미. 그러므로 현자는 먼저 귀를 열어 놓는다. 세상이 나를 향해 어떤 메시지를 전하는지 듣기 위해서다.

지금의 사람들은 양쪽 귀를 막고 자신의 말만 쏟아 내고 있는 형국이다. 특히 국민의 지도자는 귀를 닫고 있으면 아집과 독선이 스며들기 마련이다. 그러므로 국민과 대화하고 소통하려면 사건 때마다 담화문을 일방적으로 발표할 것이 아니라 귀를 열고 세상의 소리를 경청하는 자세가 더 필요하다. 그렇게 하지 못하는 그런 어리석음이 안타깝다.

길에서
길을 묻는가

"스님, 인생이 뭡니까?"

"질문하는 그 자체가 인생이네."

질문 속에 답이 있다. 묻고 있는 그 자체가 인생이다. 마치 과일 속에 씨앗이 박혀 있듯이, 그 물음은 삶 속에 있는 것이다. 이런 이들을 위해 일찍이 고인古人들이 고구정녕 가르침을 주지 않았던가. 길에서 길을 묻지 말고, 나귀를 타고 나귀를 찾지 말고, 등불을 들고서 불을 구하지 말라고.

진리에 대한 답은 우리 곁에 있다. 때론, 어리석게도 행복의 조건을 갖추고 있으면서도 또 다른 행복의 길을 묻는 경우가 있다. 그래서 인생에 대한 답은, 물어보는 자신이 더 많이 알고 있는지 모른다. 그러나 묻지 않으면 해답을 끌어낼 수 없다. 성경에도 "두드려라, 그러면 열릴 것이다"라고 했으니, 물음을 던질 때 의문이 해결되는 것이다. 잠든 자아를 깨울 수 있는 것은 오직 물음뿐이다.

우린, 의문을 가질 때 자신을 성찰할 수 있다. 그래서 불교에서 말하는 화두話頭의 타파는 스스로에게 질문을 던질 때 가능하다고 말하는 것이다. 그런데도 인생이 어려운 것은, 수학공식처럼 정해진 답이 없기 때문이기도 하다.

지금, 우리들이 보고, 듣고, 말하고, 행동하는 모든 것이 현재의 인생이다. 자신을 떠나서 달리 존재하지 않는 것이 인생이다. 따라서 이런저런 주변의 일들이 나를 형성하고 내 업을 이룬다. 이와 같이 순간순간 우리들 자신이 우리를 만들어 간다. 눈앞의 실존 그 자체가 인생이다. 그렇다면 당신은 오늘, 무엇을 즐겼고 무엇을 생각했는가? 그 물음에 대한 대답이 지금의 당신 인생이다.

얼굴이
얼굴에게 묻다

청나라 말기의 학자였던 유곡원兪曲圓이 쓴 『안면문답顔面問答』이라는 수필이 유명하다. 그 내용은 이목구비耳目口鼻가 대화를 나누는 형식으로 구성되어 있다.

입이 투덜거렸다.

"나는 말도 해야 하고 끼니때마다 먹어 주는 일을 하니까 정말 중요한 일을 하잖아. 그러니까 내가 최고야!"

조용히 듣고 있던 귀가 말했다.

"너의 말도 맞아. 하지만 내가 밥때를 알리는 종소리를 듣지 못하면 넌 먹을 수 없잖아. 그리고 네가 아무리 말을 잘해도 내가 들어 주지 않으면 소용없어. 그러니까 나의 역할이 더 중요해!"

이윽고 눈이 응수했다.

"그렇지만 눈이 없으면 밥 먹는 곳을 찾질 못하잖아. 눈 한번 감고 살아 봐라.

저마다의 역할이 서로 다르다는 것을 인정하자。
평화로운 정토가 달리 있겠는가。
남의 목소리에 고개를 끄덕여 주는 것이다。

얼마나 답답하고 불편한지. 그러니 내가 제일 큰일을 하고 있다니까!"

그러자 이번에는 코가 말했다.

"조용히들 해 봐. 맛난 것도 냄새를 맡아야 무엇인지 알 수 있지, 바보들아. 그리고 내가 왜 한가운데 있는지 아니? 중요하기 때문에 그런 거야. 눈멀고 귀먹어도 살 수 있지만 코 막고는 못 살아. 숨 쉬지 못하면 죽는 거지!"

이렇게 서로 잘났다고 옥신각신 입싸움을 벌이다가, 일제히 눈썹을 쳐다보면서 물었다.

"눈썹아! 너는 하는 일도 없으면서 기분 나쁘게 왜 위에 붙어 있니?"

그때서야 눈썹이 미안하다는 듯 이야기했다.

"나는 특별한 기능은 없지만, 꼭 그렇지만은 않아. 이목구비가 다 멀쩡해도 눈썹이 없다고 생각해 봐, 외계인처럼 이상할 수도 있어. 또 감정을 표현할 때 내가 없으면 인상을 써도 표시가 나지 않잖아. 그리고 눈썹의 모양이나 길이에 따라 얼굴의 분위기가 바뀔 수도 있단다. 나도 이렇게 나 나름대로 알고 보면 쓸모 있는 일을 하고 있어."

이 말을 듣고 서로 잘난 체하던 이목구비들이 고개를 끄덕였다.

원문과는 다르게 약간 각색을 하였지만, 교만과 독선이 가득 찬 어리석은 세태를 잘 꼬집고 있다. 인간사는 서로 잘났다고 날마다 아귀다툼이다. 모두가 자기 입장만 내세우기 일쑤이지 않은가. 반목과 질시는 자기주장의 잣대를 양보하지 못하는 것이 그 원인이 되어 일어난다.

이 예화를 통해 저마다의 역할이 서로 다르다는 것을 인정하자. 평화로운 정토淨土가 달리 있겠는가. 남의 목소리에 고개를 끄덕여 주는 것이다. 이렇게 서로 인정해 주고 존중해 주는 태도가 우리 사회를 더욱 따뜻하고 조화롭게 만든다.

눈썹은 크게 드러나지 않지만 꼭 필요한 것이다. 그래서 유곡원은 말미에 이렇게 부탁했다. 우리 모두 눈썹의 마음으로 살자.

눈먼 사람이 되려는가

남의 허물을 지적할 때나 남을 비난할 때 삿대질을 한다. 그럴 때 상대방을 가리키는 손가락은 하나지만 나를 가리키는 손가락은 세 개다. 이것은 상대방의 허물이 하나라면, 자신의 허물은 세 가지나 된다는 의미다.

눈은 눈을 보지 못하고, 자신은 자신의 등을 보지 못하며, 천 근의 무게를 드는 사람도 자기 몸은 들지 못한다. 또한 아무리 명포수라 하더라도 총 끝에 앉아 있는 새를 명중시킬 수는 없다. 이처럼 남의 잘잘못을 따지기는 쉬우나 자신의 허물을 살피거나 인정하기란 쉽지 않다.

중국인들 사이에서 널리 읽히는 『요범사훈了凡四訓』에는 거백옥據伯玉이라는 인물이 소개되고 있는데, 이분은 20세 때 이미 자신의 허물을 깨닫고 고치려 했다. 그런데 21세가 되어 반성해 보니, 20세 때 고친 것이 부족했다는 것을 알게 되었고, 22세가 되어 다시 21세 때 고친 것이 부족하다는 것을 느꼈다. 그렇게 1년 또 1

년 자신의 허물을 고쳐 나가 50세에 이르렀을 때, 지난 세월이 아직도 미진하다고 말했다. 옛 어른들은 이토록 간절하게 자신의 허물을 고쳐 나가는 수행을 했다.

명나라 때의 학자이자 관리였던 원황袁黃은 69세 때 아들에게 이러한 가훈을 남겼다.

"작은 허물은 살 속에 박힌 가시를 뽑듯이 바로 뽑아내야 한다. 큰 허물은 독사에게 손가락을 물리면 즉시 잘라 내듯 조금도 주저하지 말고 제거해야 한다. 항상 수치심과 경외심과 용맹심을 갖추어, 허물을 깨닫는 순간 즉시 고쳐라. 허물이란 잠시 마음을 잘못 사용하여 일어난 신기루와 같아서, 용맹심으로 마음을 바로잡기만 하면 흔적도 없이 사라진다."

요즘의 우리들은 마치 고슴도치처럼 온몸을 허물의 가시로 덮고 있으면서도 아무 허물이 없는 것처럼 살고 있는 것 같다.

눈먼 사람이란, 눈을 잃은 사람이 아니라 자신의 허물을 숨기는 사람이라고 했다. 눈을 잃은 사람과 자신의 허물을 숨기는 사람이 있다면, 그대들은 어느 쪽이 더 어리석다고 생각하는가.

변명의
반대말이 있다

인도 콜카타의 마더 테레사 본부 벽에 붙은 시의 첫 구절.

사람들은 때로 믿을 수 없고

앞뒤가 맞지 않고

자기중심적이다.

그럼에도 불구하고 그들을 용서하라.

'그럼에도 불구하고', 참 좋은 말이다. 이 말을 넣어 보라! 그 어떤 상황도 여유가 생기고 이해가 될 수 있다. 그렇다면 이 말의 반대말은 '무엇무엇 때문에'일 것이다. '무엇무엇 때문에'라고 말하는 사람은 매사 불만이라서 감사와 용서를 모르기 때문이다.

이렇게 '무엇무엇 때문에'라고 핑계 대길 좋아하는 사람은 나쁜 상황이나 자신의 잘못을 남의 탓으로 돌리는 고약한 습관을 가지고 있다. 그래서 어떤 결과를 두고, 어떤 일 때문에 일어난 일이라고 변명한다.

그러나 나쁜 상황이라 하더라도 자신의 탓이라고 인정하는 긍정적 태도를 지닌 사람은, 지금의 부정적 상황을 위로하며 반전시키는 기술과 지혜를 지닌 자다. 다시 말해 '그럼에도 불구하고', 이 말을 잘 활용하는 사람인 것이다. 지금 가족이나 이웃들의 행동이 마음에 들지 않아서 불만이라면, 일상에서 이 단어가 결핍되어 있는 환자일 가능성이 높다.

명상 수행을 지도하고 있는 용타 스님은 '그러나'의 미학美學을 역설했다. '그러나'를 넣어 보라. 이 한 단어만으로 순식간에 단점이 장점으로 바뀐다. 예를 든다면 이렇다.

"그는 키가 작아. 그러나 그는 매력이 있어."

당장 실천해 보자. 우둔한 사람은 현명한 가르침을 현실에 적용하지 않는 자들이다.

팔방미인이 되지 마라

제각기 직업을 가지고 사는데, 왜 어떤 이는 성공하고 어떤 이는 실패하는 것일까? 이 질문에 붓다는, 어리석은 사람은 자기가 할 수 있는 일은 하지 않고 할 수 없는 일을 하려고 애쓰는 사람이고, 지혜로운 사람은 할 수 없는 일은 하지 않고 할 수 있는 일에 온 힘을 바친다고 조언했다.

우리는 종종 스승에게 길을 물을 때 매우 친절한 가르침을 원한다. 아주 자세하고 구체적인 방법을 알고 싶어 한다. 그러나 스승은 언제 어디서나 그 일이 지닌 철학만을 제시할 뿐이다. 스승이 묻는 자의 인생을 대신 살아 줄 수 없기 때문이다. 그래서 인생의 소소한 문제나 궁금증은 본인이 살아가면서 터득해야 할 삶의 몫이다. 삶은 이처럼 이론이나 정보로 살아지는 게 아니라 철저한 자각과 실존으로 경험하는 것이다.

우리 생활에서 길을 안내해 주는 내비게이션이 생겨나면서 사람들은 길을 찾으려 하지 않는다. 기계가 말하는 길을 무작정 따라가기만 하고 있다. 그 편리함에 속아 스스로 깨칠 수 있는 인간의 영역을 포기하는 셈이다. 이를테면 스승에게 친절한 길을 요구하는 것은 기계에게 길을 묻는 것이나 다름없다.

여기에서 붓다는 성공 신화의 구체적인 사례를 말하기보다는 성공의 방향을 제시하고 있는 것이다. 우리 인생에서 실패를 만났을 경우, 혹시 할 수 없는 일에 너무 기웃거린 것은 아닌지 반성해 보아야 한다. 내가 모르는 것은 다른 전문가에게 맡겨라. 혼자서 팔방미인이 된다면, 다 잘할지는 몰라도 한 가지 일에 전문가가 되기는 어렵다. 돈을 많이 버는 것이 성공이 아니라 한 분야에서 전문가가 되는 것이 진정한 성공이다.

'세상의 모든 것은 변한다', 이것은 붓다가 평생 말씀하신 것의 핵심 진리. 물질적 성공은 언젠가는 소멸하고 만다. 그래서 지혜로운 자는 물질적인 성공은 영원하지 않다는 것을 삶의 좌우명으로 받아들이는 사람이다.

보잘것없다고 기죽지 마라

양철지붕 위에 있던 작은 못 하나가 불평을 해 댔다.

"평생 꼼짝 못하고 박혀서 하늘만 쳐다보다니, 이게 무슨 꼴이야."

그러다가 벌떡 일어나 땅으로 도망쳤다.

땅으로 내려온 작은 못은 이곳저곳 신나게 구경 다녔다.

그러던 어느 날, 비바람이 몰아쳤다. 못이 도망 나간 지붕은 바람을 견디지 못해 덜컹거렸다. 그때, 주인이 와서 바닥에 떨어진 못을 주웠다.

"이놈이 여기에 빠져 있었군."

주인은 땅에 떨어진 못을 주워 제자리에 도로 박아 놓았다. 작은 못은 그때서야 자기가 이 집에서 필요한 존재라는 사실을 깨달았다.

바위를 옮겨 와서 다시 제자리에 놓을 때는 쉽게 그 위치를 알 수 있지만, 조약돌은 그 자리를 찾기 어렵다. 무엇이든 작은 일이 더 어렵고 표시

도 나지 않는다.

때때로, 자신의 존재가 보잘것없다고 기죽지 말라. 저 지붕의 못 하나보다는 훨씬 낫지 않겠는가. 어리석은 사람이 별다른 사람이 아니다. 자기 스스로 이 세상에 아무 쓸모없는 사람이라고 한탄하는 이들이다.

상대 우열이 아니라 절대 우열이다

바가지는 물이 새어서는 안 되지만, 쌀을 이는 조리는 물이 새지 않으면 안 된다. 또한 바퀴는 둥글어야 하지만 바퀴의 축은 각이 져야 한다.

이와 비슷한 교훈을 주는 말이 중국 춘추시대의 고전 『한비자韓非子』에도 쓰여 있다.

"방죽에 구멍이 났을 때는 대들보보다 작은 나뭇가지가 더 필요하고, 쥐를 잡는 데는 천리마보다 나이 든 고양이 한 마리가 더 낫고, 새벽을 알리는 데는 계곡을 달리는 사냥개보다 늙은 닭 한 마리가 더 낫다."

이처럼 세상에는 각각의 쓰임새가 따로 있다. 남들과 비교해서 열등하다고 어깨 처질 필요 없다. 세상사世上事는 상대 우열이 아니라 절대 우열이다. 그러므로 남들 가진 것을 내가 못 가졌다고 원망할 필요가 없으며 남들 가진 것을 부러워할 필요도 없다. 내가 할 줄 아는 것을 남이 못하는 경우가 더 많기 때문이다.

만물은 각기 자기만의 장점이 있다. 다른 사람의 장점을 자기의 단점과 비교하면 항상 부족하다. 발이 많은 걸로 따지면 지네가 최고지만, 발 없는 뱀을 따라잡지 못한다. 산등성이의 바람은 나무는 흔들어도 사람의 손가락은 부러뜨리지 못한다. 세상일 가운데는 큰 데서 이기지 못하지만 작은 데서 이기는 것이 있고, 작은 데서 이기지 못하지만 큰 데서 이기는 것이 있다. 자신의 재능과 능력은 비교대상이 아니다.

때를 없애는 데는 목욕탕의 세척사가 제일이고 낙엽을 치우는 데는 거리의 청소부가 고수다. 일의 귀천은 어떤 일을 하느냐에 따라 나누어지는 게 아니라 어떤 마음으로 하느냐에 따라 구별된다. 세상엔 각각의 몫이 있다. 이런 이치를 모른다면, 당신은 어리석다.

인생은
실습이다

어느 학자가 강을 건너려고 나룻배에 올랐다. 배가 강의 3분의 1 지점을 지났을 때 학자가 사공에게 물었다.

"당신은 문학을 배운 적이 있나요?"

"없습니다."

"그럼 당신은 인생의 3분의 1을 헛살았군요."

학자는 나룻배가 강의 절반쯤 지나자 다시 사공에게 물었다.

"당신은 철학을 배운 적이 있나요?"

"없습니다."

"그럼 당신은 인생의 절반을 헛살았군요."

이때, 갑자기 물살이 거세져 배가 뒤집히고 말았다. 두 사람은 물속으로 빠졌다. 헤엄을 칠 줄 알았던 사공은 물속에서 빠져나올 수 있었다. 그러나 학자는 헤엄을 칠 줄 몰랐기에 그만 강물에 빠져 죽고 말았다. 그 모습을 본 사공이 말했다.

“난 인생의 반을 헛살았지만 당신은 인생 전부를 헛살았구려.”

인생은 이론이 아니다. 현장에서 만나는 실습이다. 자신을 구원하지 못하는 학문은 스스로를 죽일 수 있다. 때때로 삶의 현장에서는 많이 아는 것보다 조금 아는 것이 더 현명할 때가 있다. 따라서 어떤 지식이든 여러 번 익혀 실생활에 적용하는 것이 중요하다. 이상하게도 배우지 않아 어리석게 사는 사람보다, 배웠기 때문에 교만하게 사는 사람이 더 많다.

두 개의 화살을 가져서는 안 된다

어떤 사람이 활 쏘는 연습을 하면서 두 개의 화살을 손에 쥐고 과녁을 향했다. 그것을 본 스승이 제지하며 말했다.

"활쏘기를 배우기 시작하는 사람으로서 두 개의 화살을 가져서는 안 된다. 다음 화살을 믿고 먼저 쏘는 화살을 대단치 않게 생각하는 마음이 생긴다. 활을 쏠 때마다 이것 하나밖에 없다는 생각이 앞서야 한다. 그래야 마음이 모아져 적중하게 된다."

일본의 고전古典으로 통하는 『도연초徒然草』에 실려 있는 내용이다.

이 활 쏘기 교훈은 만사에 통한다. 무슨 일이든 그 자리에서 최선을 다해야 한다. 저녁에는 내일이 있다고 생각하고 아침에는 저녁때가 있다고 생각하면 지금 할 일을 다음으로 미루게 된다. 나에게 주어진 시간은 오늘밖에 없다는 각오가 일에 대한 집중력을 높인다.

인생의 모든 과실過失은 내일을 믿는 안일에서 비롯된다. 하루를 허비하고 그것이 한 달로 쌓여서 마침내 일생을 공허하게 보낸 이들은 언제나 내일을 믿고 있던 사람들이다. 이 순간 결행해야 할 일이 있다면, 머뭇거리지 말라. 만약 누군가가 찾아와서 당신의 수명이 내일뿐이라고 예고한다면, 오늘 하루가 저무는 동안 무엇을 즐기며 무엇을 이룩하겠는가.

먼 데까지 가서
개살구를 줍는다

행복과 불행의 원인을 알고 싶어서 세계를 여행하던 프랑스의 정신과 의사가 중국의 어느 이름난 노스님을 만났다.

그가 노스님에게 가르침을 청하자, 노스님은 이렇게 말했다.

"사람들이 행복하지 못한 것은
그 행복을 목표라고 믿기 때문입니다."

프랑수아 를로르가 쓴 『꾸뻬씨의 행복 여행』에 실려 있는 내용의 일부다. 이 책은 지금도 서점가에서 꾸준히 독자들의 사랑을 받고 있다.

행복은 마지막 일정이 아니라 매일매일 발견해야 할 삶의 과정이다. 정해진 목표가 있으면 그곳에 도달하기 전까지의 모든 행동은 무의미하게 흘러간다. 설령 그 목표가 이루어졌다 하더라도 또 다른 목표가 생겨난다. 그러므로 삶의 과정이 목표가 되어야 한다. 행복은 먼 훗날 이루어야 할 목표가 아니라 지금의 자리에서 매 순간 발견하는 일이 되어야 옳을 것이다.

행복은 문을 두드리며 밖에서 오는 것이 아니다. 일상 안에서 일어나는 소소한 일들을 느끼면서 누릴 줄 알아야 행복을 볼 수 있는 가슴이 열린다. 따라서 행복은 아주 가까이에 있다. 고구정녕 말하지만 멀리서 찾을 일이 아니다.

퇴계 이황 선생도 말했다질 않는가. 내 손자가 뜰 앞에 천도복숭아가 있는데 먼 데까지 가서 개살구를 줍는다고.

허황된 야망을 내려놓아라

세계 정복을 꿈꾸는 알렉산더가 아프리카의 오지에 이르러 여인국을 발견했다.

"만약 당신이 우리를 죽인다면 후세 사람들은 당신을 여자를 죽인 정도밖에 안 되는 사람이라고 하겠지요."

여왕의 이 말에 알렉산더는 군대를 멈추고 생각에 잠겼다. 그때 여왕이 한마디를 더 했다.

"우리가 당신을 죽여도 당신의 비문에는 여자에게 살해되었다고 새겨질 테지요."

알렉산더는 자리를 마련해 앉았다.

"당신들과 싸우지 않을 테니 빵이나 갖다 주시오."

잠시 후 그들은 황금으로 된 빵을 가져와 식탁에 놓았다.

"이걸 어떻게 먹으라고 가져오시오?"

"그럼 대왕께서는 빵을 얻으려고 그 먼 길을 오셨습니까? 대왕의 나라에는 빵이 없는가요?"

알렉산더는 여인국을 떠날 때 그 성문에 이렇게 새겼다고 한다.

"나는 이곳에 들르기 전까지는 어리석었으나 여기서 여자들로부터 진정한 삶의 지혜를 배우고 가노라."

타성에 길들여진 삶은 어리석다. 무심코 욕망을 추구하는 우리의 일상이 저 알렉산더의 허황된 야망과 무엇이 다른가. 물질 소유가 삶의 목적이 되어 버리면 인생의 의미를 놓치기 쉽다. 우리가 어리석은 것은 항상 남보다 더 많이 차지하려고 하기 때문이다.

빵 하나를 얻으려고 오늘도 먼 길을 가고 있지 않는지 돌아보자.

꺼진 등불은 등불이 아니다

어느 눈 먼 장님이 친구 집을 방문하고 저녁 늦게 집으로 돌아오게 되었다. 그때 친구가 장님에게 등불을 쥐여 주었다.

장님인 친구가 웃으며, "나는 밤이나 낮이나 똑같은데 등불이 무슨 소용인가?" 했다.

그 말을 듣고 친구가 등불을 권하면서, "그렇지만 자네가 이 등불을 가지고 가면 다른 사람이 이 등불 때문에 자네와 부딪치지 않을 걸세" 하였다.

장님이 등불을 받아 들고 길을 나섰다. 그런데 얼마 못 가서 다른 사람과 부딪치고 말았다.

"여보시오! 당신은 이 등불이 보이지도 않소?"

그러자 부딪친 행인이 말했다.

"당신은 지금, 꺼진 등불을 들고 있소."

여기에 등장하는 맹인처럼 꺼진 등불을 들고 있으면서 그 사실을 모르고 살아가는 어리석은 사람들이 많다. 낡은 가치관이나 독선적인 이념에 갇혀 있으면 그 사상은 주변을 밝히지 못한다. 마치 꺼진 등불처럼 그 용도가 사라지고 만다. 이처럼 자기 자신이 바른 안목을 구비하지 못하면 스스로 바른 길을 걸어갈 수 없을뿐더러 타인을 구원하기란 더더욱 힘들다. 보편적 진리(등불)는 대중과 함께 공감해야 한다. 그렇지 않으면 자기 안에서만 이해되는 독선적인 철학(꺼진 등불)일 뿐이다.

우리 사회에서도 꺼진 등불을 들고 다른 이를 탓하는 경우가 적지 않다. 이념이나 종교 또한 마찬가지다. 그 가르침이 자신의 눈과 귀를 막아 다른 이들과 소통하지 못한다면 눈뜬장님과 다르지 않을 터. 세상에는 앞을 못 보는 자신의 허물은 모르고 부딪친 사람을 탓하는 습관을 지닌 자들이 더러 있다. 혹시 빈 등불을 들고 지도자의 역할을 하고 있지는 않는지 반성해 보아야 할 것이다.

인생은 때로
당신의 뒤통수를 툭 친다

세계적인 컴퓨터 회사 애플(Apple inc). 이 기업을 세계 최고의 회사로 성장시킨 사람은 고인이 된 스티브 잡스이다. 생전에는 빌 게이츠와 함께 가장 주목받는 인물이기도 하였지만 그도 한때 패배와 상실의 시절이 있었다.

자신의 친구와 창업했던 애플의 이사회에서 그를 해고했을 때 그는 포기하지 않고 다시 도전하였다. 그리고 몇 년이 지난 후 애플의 경영자로 되돌아와서 해고의 순간을 이렇게 회고했다.

"그건 쓰디쓴 약이었지만 환자였던 내게는 정말 필요한 약이었다. 때로 인생은 당신의 뒤통수를 벽돌로 때린다. 하지만 자신의 일에 대한 믿음을 잃어서는 안 된다."

누구나 실패와 좌절의 벽과 마주한다. 더러 넘어지기도 한다. 그러나 중요한 것은 쓰러진 자신을 탓하는 것이 아니라 그 사실을 인정하는 일이다. 그 경험은 다시 넘어지지 않는 법을 알게 해 준다. 걸림돌을 원망 마라. 그것은 디딤돌이 될 수 있다. 담쟁이는 어쩔 수 없는 벽이라고 느낄 때 말없이 그 벽을 오르지 않던가.

인생에서 예고하지 못한 변수가 생기면 뒤통수를 한 방 맞았다고 생각하자. 그렇지만 뒤통수를 맞고도 일어나지 않는다면 그는 어리석은 사람이 될 것이다. 정말 실패하는 자는 똑같은 실수를 두 번 세 번 반복하는 사람이다.

사자를 숨지게 하는 것은 작은 벌레다

미국 콜로라도 주 롱 파크 공원의 경사진 곳에 거목巨木의 잔해가 있다. 수령 400년이 넘은 이 나무는 오랜 생애 동안 14번이나 벼락을 맞았고, 4세기를 사는 동안 수많은 폭풍우를 경험했다.

근처에 있는 나무들은 다 쓰러져도 이 나무는 굳건하게 살아남았는데, 어느 날 쓰러지고 말았다. 수많은 딱정벌레들이 이 나무의 외피를 뚫고 몸속 깊숙이 침투한 것이 원인이 되었다. 결국 이 거대한 나무를 쓰러지게 한 것은, 비바람도 아니고 번개도 아니고 저 대수롭지 않던 벌레들이었다.

사자를 숨지게 하는 것 또한 외부의 공격이 아니다. 몸속에 생긴 벌레 때문에 쓰러지는 것과 같은 이치다. 강한 적은 내부에 있다. 우리 인생에서도 조그만 허물이라고 해서 예사로 넘기거나 남의 충고나 조언을 무시한다면 결국 그것이 화근이 될 수 있다는 것을 명심하자.

전쟁에서 총칼 없이 쉽게 이길 수 있는 경우는 적진에서 반란이 일어날 때이다. 이때는 외부의 침입이 아니라 내부의 적 때문에 스스로 무너지는 것이다. 그러므로 작은 일이라도 적을 만들지 말아야 할 것인데 하물며 원수를 만들어서야 되겠는가. 어리석은 자는 적이 항상 멀리 있다고 생각한다. 쇠에서 난 녹이 그 쇠를 부식시킨다는 것을 명심하라.

인생의 주재자는 자신이다

조선 중기의 학자 고상안(高尙顔, 1553~1623)이 쓴 『태촌집泰村集』을 보면 그가 이순신 진영에 잠시 머물 때 보았던 이순신을 두고 이렇게 표현했다.

"말솜씨나 지혜는 뛰어나다. 그러나 입술이 말려 있어 복이 없다."

그러면서 그 증거로 이렇게 말하고 있다.

"이 장군은 무고한 중상모략에 빠져 형벌을 받았고, 배 위에서 적의 총탄에 맞아 쓰러졌으니, 관상에 나온 것과 같지 않은가."

과연 관상 때문에 그렇게 되었을까. 사주와 관상이 삶의 증거가 아니고, 삶이 사주와 관상을 만든다고 봐야 한다. 왜냐하면 사주와 관상이 인생의 기준이 되면 자신이 개척해 가야 할 삶의 영역은 아주 없을 것이기 때문이다. 인생의 길은 고정되어 있거나 정해져 있는 것이 아니다. 변화 가능한 것이 운명이다.

불교적 교리에 따르면, 인연에 의한 결과라고 봐야 한다. 콩을 심은 곳에 콩이

우린 남이 쓴 대본에 따라서 울고 웃는 게 아니다。
오로지 자신의 마음이 쓰는 대본에 따라
기뻐하고 슬퍼하고 사랑하고 미워한다。
이 사실을 알아야 어리석지 않다。

열리는 이치와 같다. 한 사람의 생애를 누가 주재하는가? 그건 절대자인 어떤 신의 역할이 아니라 바로 자신의 몫이다.

어쩌면 앞날을 예측하기는 쉬울지도 모른다. 예를 들어, 결혼을 할 수 있느냐고 질문하면 적중 확률은 50%이다. 왜냐하면 결혼을 한다, 안 한다 이렇게 두 가지의 대답이 가능하기 때문이다. 맞힐 가능성이 절반이니까 아주 높은 확률이다.

고장 난 시계도 하루 두 번은 시간이 맞다. 우린, 스스로도 알 수 있는 그 확률을 누군가에게 물어보고 결정하려 한다. 길흉을 극복하는 일은 수없이 보았어도 그것을 피해 가는 것은 보지 못했다. 만약 그것이 피해갈 수 있는 영역이라면, 그 누가 슬퍼하고 한탄하겠는가.

어찌 이순신 장군의 관상이 그를 쓰러지게 하였겠는가. 그것은 결과를 두고 꿰맞추어 가는 논리에 불과하다. 다만 세상과의 인연이 다했을 따름이다.

우린 남이 쓴 대본에 따라서 울고 웃는 게 아니다. 그 대본을 쓴 이는 하나님도, 붓다도, 부모도, 세상도 아니다. 우리는 오로지 자신의 마음이 쓰는 대본에 따라 기뻐하고 슬퍼하고 사랑하고 미워한다. 이 사실을 알아야 어리석지 않다.

재우고
익혀야 한다

피뢰침을 발명한 벤저민 프랭클린의 일화다.

그는 젊었을 때 매우 직설적이고 충동적인 면이 있는 성격이었다. 어느 날, 이웃 노인 댁에 갔다가 문설주에 머리를 부딪치고 말았다. 그 모습을 보고 노인이 한마디했다.

"이보게, 젊은이. 세상을 살아가면서 머리를 자주 숙일수록 그만큼 부딪칠 일이 줄어들 걸세."

인생도 익어야 한다. 불손한 젊은이는 보았어도, 오만한 노인은 만나지 못했다. 살아온 연륜은 스스로를 겸손하게 만든다. 그렇지 못한 사람은 순히 익은 인생이 아니다.

김장김치가 맛있는 이유는 숙성되는 과정을 거쳤기 때문이다. 겉절이가 싱싱하다지만 김장김치의 깊은 맛을 따라갈 수 없다. 또한 김치가 부드러운 것은 소금에 절여졌기 때문이기도 하다. 인생에서도 아픔과 상처가 없으면 교만해지기 쉽다는 이치를 배울 수 있다.

나는 원고나 편지를 쓰고 나면 반드시 하룻밤을 묵힌다. 그런 다음 아침에 다시 들여다보면 설익은 문장들이 발견된다. 그때 다시 부드럽게 고치는 순서를 반복하고 있다. 생각에서 나온 글이라 하더라도 익히지 않으면 거칠어지는 것이다.

무엇이든 재우고 익혀야 한다. 불교에는 '보임保任'이라는 말이 있다. 깨달음을 이룬 뒤에도 그 상태를 계속 유지해야 한다는 뜻으로 쓰인다. 이른바 깨침의 경지를 더 다듬고 숙성시키는 수행인 것이다. 된장은 콩보다 나을지 몰라도 묵히지 않으면 오히려 콩보다 못하다. 묵힌다는 것은 이처럼 중요하다.

소싸움의 기본자세는 머리를 낮추는 데 있다. 머리를 들면 상대편 소 머리에 받쳐 죽을 수 있기 때문이다. 자신을 낮추고 낮출 때 교만의 어리석음이 무너진다.

이제부터는 '성장'이 아니라 '성숙'한 인생을 살아가는 지혜가 필요하다. '벼는 익을수록 고개를 숙인다'는 우리 속담이 있듯이 '포도송이는 무거우면 무거울수록 아래로 늘어진다'는 서양 속담이 있다. 세상을 살아가는 지혜는 동서양이 같다.

조금씩 나누어라

어떤 바라문이 집이 가난하여 암소 한 마리밖에 없었다. 그는 하루에 한 말의 소젖으로 살아갔다. 그는 보름날에 수행자를 청하여 공양하면 큰 복덕을 얻는다는 말을 듣고 그날부터 젖 짜기를 중단하였다. 소젖을 모아 놓았다가 한꺼번에 많이 짜겠다는 계산이었다.

한 달이 되어 여러 수행자들을 청하니 모두들 와서 자리에 앉았다. 그때 그는 외양간에 들어가서 소젖을 짰는데 평소처럼 겨우 한 말을 얻었다. 오랫동안 짜지 않았음에도 젖의 양은 많아지지 않았던 것이다.

이와 비슷한 주제의 이야기가 경전 속에는 참 많다. 이런 어리석음을 범하는 이들이 그만큼 많다는 증거일 것이다. 우리 주변에는 한꺼번에 큰일을 하려는 사람들이 많다. 작은 돈을 무시하고 큰돈에만 관심이 있는 사람은, 작은 노력을 무시하고 큰 결과만 바라는 어리석은 행동을 하는 사람과 같다.

조금씩 나누는 사람이 크게 나눌 수 있다. 작은 선행이 모이면 태산이 된다. 큰 기부를 할 것이라며 작은 기부를 소홀히 하는 사람들도 있다. 이런저런 이유를 변명 삼아 나누는 것을 회피하지 말라. 형편이 될 때 조금씩 나누어야 한다. 나중에 큰돈을 벌면 나누겠다면서 미루는 사람은 저 어리석은 바라문과 같다.

죽음의 신을 함부로 부르지 마라

늙은 나무꾼이 무거운 지게를 지고 숲에서 나오고 있었다. 그는 하늘을 보고 외쳤다.

"죽음의 신이시여, 어디에 있습니까? 왜 저를 데려가지 않는 것입니까? 저는 더 이상 살고 싶지 않습니다. 아무런 미련도 없습니다. 단지 마지못해 살고 있을 뿐입니다."

그런데 마침 그날 죽음의 신이 그곳을 지나가고 있었다. 나무꾼은 무거운 지게를 벗어 놓고 외쳤다.

"죽음의 신이시여! 제발 오십시오. 저는 이렇게 준비되어 있습니다."

마침내 죽음의 신은 그의 외침을 듣게 되었고, 그 앞에 나타나서 물었다.

"나를 기다렸다고? 좋다, 무엇을 원하는가?"

그런데 늙은 나무꾼은 갑자기 부들부들 떨기 시작했다.

"별것 아닙니다. 제가 늙어서 이 나뭇짐을 질 수 없으니 뒤에서 조금만 들어 주십시오. 그거면 됩니다."

함부로 죽고 싶다고 말하지 말라. 막상 저승사자가 오면 오들오들 떨지 않을 자신이 있는가. 그렇지 않다면 죽음을 볼모로 자신의 인생을 협박하지 마라. 그러는 동안 인생의 의미는 세월 속에 사라진다. 죽음의 신은 기다리는 것이 아니라 맞이해야 두렵지 않다.

사실 죽는 일이 어려운 일은 아니다. 그렇다면 우리가 정작 두려워하는 것은 죽음 그 자체인지도 모른다. 우리가 마음을 닦고 신앙을 가지는 것은 어쩌면 죽음에 대한 불안과 공포에서 벗어나기 위함일 수도 있다. 그러나 인간의 역사는 죽음을 어떻게 수용할 것인가의 문제보다는 죽음을 어떻게 피해갈 것인가에 집중되어 왔다. 죽음을 떠올려 보라. 여행 가듯이 즐겁게 나설 수 있는가? 망설여진다면 아직 죽음의 신을 부를 때가 아니다. 그러하다면 먼저 신세 한탄하는 어리석은 버릇부터 고쳐야 할 것이다.

지금 걷고 있는 그 길에 행복이 있다

하루는 어떤 물고기가 여왕 물고기에게 물었다.

"저는 바다에 관한 이야기를 많이 들었습니다. 그리고 바다에 대해 많은 이야기를 했습니다. 그렇지만 바다가 어디에 있는지 아직 모릅니다. 바다는 진정 어디에 있습니까?"

여왕 물고기가 지그시 웃으며 대답했다.

"그대는 바다에서 태어났으니 지금까지 그곳에 있었고, 지금 이 순간에도 그대는 바다 속에 있으며, 바다는 그대 속에 있다. 그리고 언젠가 그 바다 속으로 사라질 것이다."

바다에 있어도 바다인지 모른다. 인간의 가장 큰 불행은 곁에 있는 진리를 보지 못한다는 것이다. 젊은 시절엔 젊음의 의미를 실감하지 못한다. 젊음 속에 있기 때문이다. 또한 부부가 행복할 땐 그 가치를 잘 모른다.

하지만 파경을 경험하고 나면 비로소 그 사랑의 소중함을 깨닫는다. 행복 속에서는 그 행복을 모르기 때문이다. 이처럼 인생의 의미를 현실 밖에서 찾으려 한다면 그 어리석음이 저 물고기와 무엇이 다른가.

깨어 있는 마음이란, 행복이 지금 이 순간에 있다는 것을 아는 마음이다. 행복으로 가는 길은 없다. 지금 걷는 길이 행복의 길이다. 길 위에서 또 다른 길을 찾을 필요가 없다. 이 진리를 모르면 크게 어리석다.

남의 인생을 부러워하지 말라

『수피우화』에 전하는 이야기다.

생쥐는 이 세상에서 고양이가 가장 무서웠다. 그래서 마법사를 찾아가서 고양이로 만들어 달라고 했다. 마법사는 생쥐를 고양이로 만들어 주었다.

그러나 골목에서 개를 만나는 순간 너무 무서워서 다시 마법사에게 부탁했다. 이번에는 개로 둔갑시켜 주었다. 개가 된 생쥐는 이번에는 사자가 무서웠다. 마법사는 마지막으로 사자로 만들어 주었다.

"타앙!"

그때 어디선가 총소리가 들렸다. 사냥꾼들이 사냥개들을 데리고 쫓아왔다. 생쥐를 도와주다 지친 마법사는 사자를 다시 생쥐로 되돌려 놓았다. 그러고는 생쥐를 타일렀다.

"내가 세상에 존재하는 모든 방법으로 너를 도와줘도 너에게 아무런 도움이 되지 않을 거야. 네가 생쥐의 마음을 가지고 있는 한 말이다."

남의 인생을 부러워하지 말지어다. 누구에게나 천적은 있다. 그대가 어떤 직업을 가졌다 하더라도 지고 가야 할 짐은 있으리라. 사람마다 각자가 지닌 어려움이나 걱정은 있기 마련이다. 이웃의 인생과 나의 인생을 바꾸면 좋을 것 같지만, 여전히 고민이 있고 여전히 극복해야 할 문제가 생기는 것은 똑같다. 생쥐라는 마음을 가지고 있는 한 당신은 타인의 인생을 흉내 내고 싶을 것이다.

19세기 미국의 사상가 에머슨은 "우리들 모든 지출의 대부분은 다른 사람을 흉내 내려고 하는 데 쓰이고 있다"고 질타했다. 남을 따라하는 것은 그래서 어리석다. 누차 강조하지만 상대적 삶이 아니라 절대적 삶을 사는 데 무게중심을 두어야 한다.

만족은 작은 것이 모인 결과다

신을 숭배하던 한 남자가 있었다. 그는 매일매일 기도를 거르지 않았다. 신은 그에게 감동하여 신비한 조개껍데기를 하나 주었는데, 조개껍데기는 그의 소원을 하나씩 들어주었다.

그런데 시간이 지날수록 조개껍데기에 대한 감사의 마음은 멀어져 갔고, 그의 요구는 자꾸만 늘어 갔다. 그러던 어느 날 자신의 것보다 더 큰 조개껍데기를 가진 사람을 만나게 된다. 그는 다른 사람이 가진 큰 조개껍데기는 두 배의 소원을 들어줄 것으로 믿고, 그것과 바꾸게 된다.

"신령한 조개껍데기여, 나에게 10만 루피만 다오."

"왜 10만 루피인가? 더 많이 줄 수 있는데……."

바꾼 조개껍데기는 이렇게 주인과 흥정만 계속할 뿐 무엇 하나 이루어 주지 않았다. 늘 약속은 두 배였지만 실행되는 것은 없었던 것이다. 그러나 자신이 가졌던 작은 조개껍데기와 바꾸기엔 이미 늦어 버렸다.

작은 소원을 여러 번 말하면 똑같아질 수 있는데도 한번에 두 배씩 생긴다는 욕심이 앞을 가린 결과다. 만족은 작은 것이 모여 생기는 기쁨이다. 설악산 같은 큰 금덩이보다는 수중의 백만 원이 더 귀하고 소중하다. 너무 큰 것에 욕심이 팔려 작은 것의 소중함을 놓치지 말지어다. 우리 삶의 고통은 만족하지 못하기 때문에 생기는 성인병이다. 그 고통은 자신 곁에 놓여 있는 행복의 조건을 발견하고 인정할 때 치료된다.

김소연 작가는 『마음사전』이라는 책에서 행복은 '난로 옆에 앉아 졸고 있는 고양이의 미소'라고 정의하고 있다. 이런 소소한 만족이 행복이다. 크게 만족하려면 언제나 부족한 것이 사람의 욕심이다.

지금의 남편이나 아내를 만났을 때의 설렘이나, 처음 집을 가졌을 때의 그 기분, 아이를 낳았을 때의 그 환희를 잊지 말자. 불만은 감사하기보다는 자꾸 요구하는 투정 때문에 생긴다. 지금, 투덜거리는가. 한순간에 이미 가지고 있던 조개껍데기마저 잃을 수 있다.

순서대로 죽는 것도 복이다

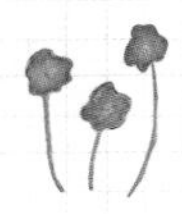

일본 에도시대에 센가이오쇼라는 선승이 살았다. 새해 아침에 어떤 사람이 찾아와서 좋은 말씀을 써 달라고 청을 했다. 그래서 선사는 붓을 들어 일필휘지. 종이에다 써 준 글은 간단했다.

할아버지 죽고 아버지 죽고
아들 죽고 손자 죽으시오.

그 사람은 선사가 써 준 글을 보고 몹시 기분이 상했다. 장수축長壽祝은 못할망정 새해부터 죽는 말만 잔뜩 늘어놓았기 때문이다. 그 사람의 마음을 간파한 선사는 이렇게 되물었다.

"이 사람아! 그럼 위부터 순서대로 죽어야지, 차례가 뒤바뀌면 좋은가?"

천고千古에 다시 없을 현명한 가르침이다. 범속한 일상 속에 빛나는 행복이 숨

"이 사람아! 그럼 위부터 순서대로 죽어야지, 차례가 뒤바뀌면 좋은가?"
천고에 다시 없을 현명한 가르침이다.

어 있다. 집안이 화목한 게 별것 아니다. 차례차례 세상을 하직하는 것도 가문의 복 아니던가. 만약, 이 순서가 뒤바뀌면 집안에 웃음이 사라진다. 자식이 아비보다 먼저 죽으면 부모는 평생 멍에를 지고 다닌다. 그러므로 이 말씀보다 더 좋은 축원이 없다. 일상의 자잘한 기쁨이 결핍된 큰 행복을 바라는 사람만큼 어리석은 자는 없다.

흐름을 따라가라

평생을 산에서 내려오지 않고 은거하였던 당나라의 대매법상大梅法常 선사. 그가 머물던 산에 매화나무가 많아서 사람들은 그 산을 대매산大梅山이라 불렀다.

어느 봄날 선사가 살고 있는 초막에 어떤 젊은이가 찾아오게 된다. 그는 길을 잃고 산을 헤매다가 선사의 거처를 발견하게 된 것이었다.

젊은이가 길을 물었다.

"산을 내려가려면 어디로 가야 합니까?"

"계곡의 흐름을 따라가라水流去!"

계곡물을 따라 내려가면 종래에는 인적과 만날 것이기 때문이다. 그런데 이 젊은이의 질문이 마치 올바른 인생길을 묻고 있는 것 같다. 정신없이 살고 있는 우리네 일상이 길 잃은 나그네와 무엇이 다른가.

이런 우리에게 선사가 일러준 처세법은 '흐름대로 살라'는 한마디.

세상의 흐름이란 무엇인가. 젊음에서 늙음으로, 성함에서 쇠함으로, 봄에서 겨울로 변화하며 반복된다. 이 흐름을 따라가는 것이 삶의 지혜다.

그래서 세상의 흐름을 따라가면 인생사가 그렇게 힘들지 않다. 자기중심에서 자기 식대로 살려고 하니까 세상과 부딪치게 된다.

지금, 고통스러운 일에 직면해 있으면 혹시 이러한 세상의 흐름에 역행하고 있지는 않는지 살펴보아야 한다. 흐름을 따르고, 인연에 순응하라. 이게, 평생 산중에서 수행했던 노승의 인생 노하우다.

새삼스럽지만、부자가 되는 목적은 나누기 위해서다。
절약은 하되 인색해서는 안 된다。

절약은 현명하지만
인색은 어리석다

다음은 기원정사에서 붓다와 파세나디왕이 나눈 대화를 기록한 것이다.

어느 날 왕이 붓다를 찾아왔는데 몰골이 누추했다.

"대왕이여, 어디서 오시는데 먼지를 뒤집어쓰고 피로한 모습입니까?"

"이 나라의 유명한 갑부였던 마하나마가 며칠 전 목숨을 마쳤습니다. 그에게는 아들이 없어 재산을 모두 조사해 국고에 넣었는데, 며칠 동안 그 일을 하느라고 먼지를 뒤집어썼더니 행색이 이 꼴입니다."

붓다의 질문은 계속 이어진다.

"그는 어느 정도로 큰 부자였나요?"

"그는 창고에 백천 억의 순금을 쌓아 둔 부자였습니다. 그는 재산을 모으기 위해 평생 싸라기밥과 시래기죽을 먹었으며 남루한 베옷만 입었습니다. 그리하여 부자가 되긴 했지만 가난한 사람이나 불쌍한 사람이 찾아오면 문을 닫고 식사를 했습니다. 부모와 처자권속에게까지 인색할 정도로 구두쇠였습니다.”

왕의 이야기를 전해 들은 붓다는 다음과 같이 그 소감을 피력했다.

“왕이여, 그는 결코 훌륭한 재산가가 아닙니다. 그는 자기 재물을 널리 써서 큰 이익을 얻을 줄 모르는 바보였습니다. 비유하면 어떤 사람이 넓은 들판에 물을 가득 가두어 두었으나 그 물을 마시거나 그 물로 목욕을 하지 않으면서 말라서 사라지게 하는 것과 같은 것이지요. 그는 재산이 있으면서도 복을 짓지 못하고 말았습니다.”

재산을 많이 가진 자가 부자가 아니라 복을 지을 줄 아는 자가 부자라는 뜻. 따라서 돈을 모으는 목적은 복을 짓는 데 사용하기 위해서다. 황금을 산더미처럼 쌓아 놓았다 하더라도 그것으로 뜻 있는 일을 하지 않는다면, 그는 아주 인색한 부자다. 인색한 부자는 나눌 줄 모르기 때문에 현명한 부자가 아니다.

돈을 모으는 것이 목적이 되면 인색한 것이 되지만, 돈을 잘 쓰기 위해서 아끼는 것은 절약이 된다. 이웃과 사회를 위해서 사용한다면 그 자체가 복덕이 된다. 그러나 자신을 위해서 호의호식하면 복 지을 기회가 없으므로 아무런 이익이 없다. 새삼스럽지만, 부자가 되는 목적은 나누기 위해서다. 재산을 쌓아 두기만 하는 어리석은 자들이 많다. 절약은 하되 인색해서는 안 된다.

무엇이 지혜로울까

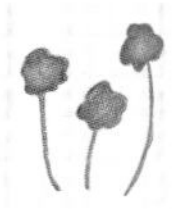

왕사성 죽림정사에 계실 때 붓다가 다음과 같은 비유를 들어 지혜로운 사람과 어리석은 사람의 차이를 말씀하신 적이 있다.

"세상에는 네 종류의 준마駿馬가 있다. 첫 번째로 좋은 말은 등에 안장을 올려놓으면 채찍의 그림자만 보아도 달리는 말이며, 두 번째로 좋은 말은 채찍으로 털끝을 조금 스치기만 해도 달리는 말이다. 세 번째로 좋은 말은 살갗에 채찍이 떨어져야 달리는 말이며, 네 번째로 좋은 말은 채찍으로 등을 얻어맞고 고삐를 잡아채야 달리는 말이다."

초원을 달리는 말을 비유의 대상으로 선정한 것은 그만한 이유가 있을 것이다. 사람과 비교하기 위함임을 짐작할 수 있다.

"지혜로운 사람도 네 부류가 있다. 첫 번째로 지혜로운 사람은 누가 병들어 고통 받다가 죽었다는 말만 듣고도 생사를 두려워하여 바른 생각을 일으켜 열심히 공부한다. 이는 첫 번째 말과 같은 사람이다. 그 다음 지혜로운 사람은 죽은 사람의 상여가 나가는 것만 보아도 생사를 두려워하여 열심히 공부한다. 이는 두 번째 말과 같은 사람이다. 세 번째로 지혜로운 사람은 친족이나 아는 사람이 병들어 신음하다 죽는 것을 옆에서 직접 보아야 두려운 마음을 일으켜 열심히 공부한다. 이는 세 번째 말과 같은 사람이다. 네 번째로 지혜로운 사람은 자신이 병들어 고통 받다가 죽을 때가 되어서야 생사를 두려워하는 마음을 내어 공부하기 시작한다. 이는 네 번째 말과 같은 사람이다."

정말 생생한 비유다. 현자는 이처럼 주변의 사소한 일을 눈여겨보았다가 인생의 철학으로 정립할 줄 아는 탁월한 안목을 지닌 자다. 붓다 또한 이런 현자의 면모를 경전 속에서 유감없이 보여준다.

무엇이 지혜롭고 무엇이 어리석은가? 가까이 존재하는 교훈을 알아차리지 못하면 그게 어리석은 것이다. 날마다 우리 주변에서는 어리석음을 경고하는 일들이 일어나지만 대부분 무심하게 지나치고 만다. 더 어리석은 자는 직접 눈 앞에서 일어나는 일도 남의 일이라고 생각한다.

죽음보다 더 확실한 삶의 교훈은 없다. 그렇지만 남의 죽음을 보고도 자기에겐 아직 먼 일로 여기며 위로한다. 그것은 죽음에 대한 불안을 극복한 모습이라기보다는 애써 외면하는 모습이다. 누구나 죽음의 문제나 그 공포에 대해서는 정면승부를 피한다. 왜냐하면 당장의 문제가 아니기 때문이다. 그러나 죽음은 결코 우리를 피해가지 않는다. 그땐 과연 어떻게 할 것인가.

그런데 우린 어리석게도 자신이 병들고 고통 받을 때가 되어서야 공부하지 않은 것을 후회하는 삶을 살고 있다. 어쩌면 네 부류의 사람에도 포함될 수 없는 삶을 살고 있는지도 모른다. 욕망을 좇아 가는 것은 본질적인 삶이 아니다. 어떻게 살아야 지혜로운 삶인지에 대해서는 먼저 죽은 이들이 그 교훈을 던져 주고 있다. 살펴보고 또 살펴볼 일이다.

무엇이 지혜롭고 무엇이 어리석은가?
날마다 우리 주변에서는
어리석음을 경고하는 일들이 일어나지만
대부분 무심하게 지나치고 만다.
더 어리석은 자는 직접 눈앞에서 일어나는 일도 남의 일이라고 생각한다.

어리석은 자를 따라하지 않으면 된다

소 치는 목자 두 사람이 많은 소떼를 거느리고 강을 건너려 하고 있었다. 그런데 어리석은 목자는 이쪽 언덕과 저쪽 언덕을 잘 관찰하지 않고, 물살이 빠르고 느린 곳과 수심이 깊고 얕은 곳을 살피지 않고 소떼를 몰아 강을 건너려 하였다. 그의 소들은 강물 한가운데 이르자 거센 물살에 휩쓸려 모두 떠내려가고 말았다. 그가 강물의 상태를 살피지 않고 무모하게 욕심내어 강을 건너려 했기 때문이었다.

그러나 지혜로운 목자는 소떼를 몰아 강을 건너기 전에 여러 가지 상태를 살폈다. 우선 이쪽 언덕과 저쪽 언덕을 잘 살펴보고 강폭이 좁으면서도 물살이 완만하고 수심이 깊지 않은 곳을 선택했다. 소들 가운데서도 비교적 힘이 세고 잘 길들여진 놈을 먼저 건너게 하고 이어 암소를 건너게 했다. 이를 본 송아지들은 어미 소를 보며 용기를 얻어 무사히 강을 건넜다.

본래부터 지혜로운 자가 있을까. 어리석은 자의 행동을 보면서 그를 따라하지 않으면 지혜로운 자가 아닐까. 지혜로운 삶을 걸었던 고인古人들과 어리석게 살았던 고인古人들이 역사적으로 너무 많다. 우린 그 삶을 통해 교훈을 얻으면 어리석은 실수를 줄일 수 있다. 하지만 인간은 욕심과 교만이 유전자처럼 남아 있기 때문에 언제나 어두운 길을 걷게 된다.

정보나 지식으로 얻어지는 판단력은 지해知解이고 집중과 통찰로 얻어지는 판단력은 지혜智慧이다. 그런데 우리는 사량분별의 지식을 통해서 세상을 보기 때문에 참다운 안목이 열리지 않는다. 지혜로운 안목은 자기중심적 삶을 거부할 때 드러나는 본성 같은 것이다.

이 세상에 영원한 것은 한 가지도 없다는 가치관이 확립되면 본질적으로는 내 것과 네 것이 없는 셈이다. 내 재산, 내 명예라고 하지만 인연의 시간이 지나면 물거품처럼 사라진다. 그러니까 내 것이라 할 만한 것은 그 무엇도 없다. 그렇다고 죽을 때 가지고 갈 것인가. 그저 인연이 주어졌을 때 잠시 내 곁에 머물러 있을 뿐이다. 이러한 생각을 가지고 있으면 욕심 한 부분이 툭 떨어진다. 인간은 항상 자기중심에서 바라보기 때문에 내 것이라는 욕심이 생기는 법이다. 이것만 똑똑히 기억하자.

공짜로 주어지는 결과는 없다

깨 농사를 짓는 한 어리석은 사람이 있었다. 그는 항상 깨를 날로 먹었다. 그런데 이웃집에 갔다가 우연히 볶은 깨를 먹어 보게 되었다. 당연히 고소하고 맛이 일품이었다.

'볶으면 이렇게 맛이 좋다는 것을 몰랐구나.'

새로운 사실을 알게 된 그가 집으로 돌아와 가만히 생각하다 보니 갑자기 묘안이 떠올랐다.

"그렇다! 아예 깨를 볶아서 심으면 힘들이지 않고 고소한 깨를 거둘 수 있지 않겠는가?"

어리석은 사람은 희희낙락하며 볶은 깨를 심었다. 그러나 아무리 기다려도 싹이 틀 리 없었다.

불교설화와 비유문학의 보고寶庫라고 할 수 있는 『현우경』에는 어리석음을 깨우치는 이런 이야기들이 가득하다.

세상에 쉽게 이루어지는 일은 없다. 또한 과정을 무시한 결과는 더더욱 기대하기 어렵다. 실제로 볶은 깨를 심는 바보는 없을 것이다. 그러나 일의 처리 과정에서 순서에 따라 차근차근 진행하지 않고 성급하게 서두르는 경우는 흔히 있다.

남이 이루어 놓은 결과는 언제나 쉬워 보인다. 하지만 도전해 보면 결코 만만치 않은 과정이란 걸 절감하곤 한다. 우린 실패와 고난을 슬쩍 피해 가려는 심리가 있다. 그렇지만 도전과 열정 없이 공짜로 주어지는 결과는 없다.

어렵고 힘든 과정은 생략하고 좋은 결과만 바라는 사람들, 볶은 깨를 심어 놓고 싹이 트기를 기다리는 저 어리석은 이와 하등 다를 것이 없다.

마치는
이야기

지금, 무엇을 하고 있는가?

깊은 산속에서 한 남자가 죽을 힘을 다해 뛰고 있다. 그 뒤에서는 굶주린 한 마리의 사자가 쫓아온다. 목숨을 부지하기 위해 도망치던 이 남자는 천 길 벼랑 끝에서 사자와 마주서게 된다. 이젠 더 이상 도망갈 곳이 없다.

그는 절벽 아래를 내려다본다. 한 발이라도 나아가면 당장 저 아래의 깊은 계곡으로 떨어질 것 같다. 이 상황에서는 어떤 기적이 일어나지 않는 한 살아남을 방법이 없어 보인다. 다만 그에게 한 가지 방법이 있다면 절벽으로 뿌리내린 나뭇가지에 매달리는 것이다.

가까스로 절벽 틈의 나무에 매달린 남자. 그런데 그것도 안전한 것은 아니다. 언제 연약한 뿌리가 통째로 뽑힐지 알 수 없기도 하지만 매달려 있는 그의 손목에서도 힘이 점점 빠지고 있다. 무엇보다 이 남자를 두려움에 떨게 하는 것은 순간순간마다 밀려오는 죽음에 대한 공포이다.

설상가상은 이뿐만이 아니다. 두 마리의 생쥐가 나뭇가지를 갉아 먹고 있는 것을 발견한다. 이제 절벽 아래로 떨어지는 것은 시간문제다. 그런 절망스러운 상황에서도 그는 거듭 주위를 살핀다. 그때 바로 그 나무 위에서 꿀이 넘쳐흐르고 있는 벌통을 발견한다. 순간, 본능적으로 남자는 혀를 가져다 댄다. 그는 마침내 그 꿀을 맛본다. 그가 태어나서 처음으로 맛보는 달콤하고 신비로운 맛이다. 신기하게도 그 맛은 현재의 위급한 상황을 잊게 만들어 주었다.

『수피우화』의 이 내용은 불교 경전에 등장하는 '안수정등岸樹井藤'의 주제와 너무 비슷하다.

들판에서 코끼리를 피해 도망가던 남자가 우물에 몸을 숨긴 채 칡넝쿨을 의지하고 버티는데, 우물 아래에서는 독사들이 우글거리고 있다. 상황은 더욱 고약해져 검은 쥐와 흰 쥐 두 마리가 칡넝쿨을 갉아먹고 있어서 곧 목숨을 잃게 될 현장. 그런데 그 절체절명의 순간에 어딘가에서 꿀이 한 방울 떨어진다. 그 달콤한 맛에 취하여 자신의 위급한 상태를 잊게 된다는 줄거리다.

여기서 말하는 코끼리는 세월이다. 세월이 우리의 등 뒤에서 달려오고 있음을 상징한다. 누가 세월을 거스르고 막을 것인가. 세월을 이길 자는 아무도 없다는 뜻이다.

그리고 독사는 삼독三毒이다. 탐내고, 화내고, 어리석은 생각이 우리의 맑은 영혼을 방해하고 있질 않는가. 또한 우리 삶 전체가 우물이고 절벽이다. 이는 삶 전반에 걸쳐 근심과 슬픔이 지뢰처럼 숨어 있기 때문이다. 그러다가 세월이 흐르면 간신히 의지하던 생명줄이 끊어진다. 이것의 표현이 검은 쥐와 흰 쥐다. 즉, 낮과 밤이 반복되면서 우리의 목숨을 간당간당 줄어들게 만든다는 의미다.

그런데 이 모든 상황을 망각하게 하는 게 꿀맛이다. 소위, 오욕락이라는 것이다. 이게 우리 삶에서는 달콤하고 꿈결처럼 아름답다. 우린 여기에 빠져서 현재의 상황을 놓치고 있다. 안일과 타성에 길들여진 자신의 삶을 좀처럼 바꾸려 하지 않는다.

그렇다면 하루하루 산다는 것은 사자에게 쫓기는 저 남자와 무엇이 다르랴. 하루를 살았다는 것은 그만큼 목숨의 잔고가 줄었다고 해야 한다. 『범망경』의 표현은 이렇다.

"무엇을 즐기려고 하는가. 이날이 지나감에 목숨도 또한 멸함이로다. 마치 줄어드는 물의 고기와 같거늘 무슨 즐거움이 있으리오."

우리가 살고 있는 상황은 이처럼 위태로운 지경이다. 따라서 무가치한 일에 인생을 낭비할 일은 아닌 것이다. 하지만 분명한 것은 욕망의 길이 궁극적으로 가치 있는 삶이 아니라는 것이다. 이는 탐욕을 목적으로 삼지 않고 인생의 길을 자문해야 한다는 뜻이다.

인도의 성자 스와디 묵타난다는 이런 말을 하고 있다.

"여섯 살 때 나는 내가 일곱 살을 향해서 가고 있다고 생각했다. 일곱 살이 되자 나는 언제나 학교를 향해서 가고 있었으며, 그것은 보다 나은 인간이 되기 위해서였다. 그러나 보다 나은 인간이 되었다기보다 나는 현실적이고 영리한 인간이 되었다. 학교를 졸업한 뒤 나는 늘 성공을 향해서, 행복한 미래를 향해서 달려가고 있었다. 그런데 이제 내 나이 쉰이 되고 보니, 때로 나는 나 자신이 무덤을 향해서 가고 있다는 참담한 느낌을 떨쳐 버릴 수가 없다. 인생을 살아오면서 나는 순간마다 나 자신에게 이렇게 묻는 것을 까맣게 잊고 있었던 것이다. 너는 지금 어디로 가고 있는가?"

보람된 인생이란 무엇인가. 욕구를 충족시키는 생활이 아니라 의미를 채우는 삶이어야 한다. 다시 말해 탐진치의 악습에서 벗어나는 지혜로운 삶을 추구해야 한다는 뜻이다. 그러하다면 자신이 과연 어느 시점에 서 있는지 물어볼 때가 되었다. 그리고 자신의 인생이 맹목적인 일상이나 겉치레의 흐름에 표류하고 있지는 않는지 돌아보아야 한다. 그런 질문을 통해 잘못된 삶의 방식이나 습관을 수정해야 인생의 종착역에서 후회하지 않을 것이다. 묻는 시점은 먼 훗날이 아니라 바로 지금이 되어야 한다. 왜냐하면 질문할 줄 아는 사람만이 그 답을 찾기 위해 잘못된 가치관을 수정할 수 있기 때문이다.

삽화_ 희상 스님

경북 청도 운문사 운문승가대학을 졸업한 후에 동국대 미술학과에서 한국화를 전공하고
독일 브레멘 국립조형예술대학교에서 현대미술을 전공,
현재 동국대 미술학과에서 후학을 양성하고 있다.

사진_ 장명확

홍익대학원 졸업. 사진학 전공.
불교출판 및 불교관련 작업을 10년째 하고 있으며
현재 동방대학교 불교미술학과에서 강의하고 있다.

삶의 고난에 대응하는 방법

번뇌를 껴안아라

| **인쇄**_ 2012년 4월 10일 | **펴냄**_ 2012년 4월 21일
| **지은이**_ 현진 | **펴낸이**_ 오세룡 | **펴낸곳**_ 담앤북스 | **등록번호**_ 제 300-2011-115호
| **주소**_ 서울특별시 종로구 익선동 34 비즈웰 O/T 917호 | **전화**_ 02)765-1251 | **팩스**_ 02)764-1251
| **편집 · 교정**_ 손미숙, 박성화
| **디자인**_ 고혜정, 최지혜
| **이메일**_ damnbooks@hanmail.net
| **블로그**_ blog.naver.com/damnbooks
| ISBN 978-89-966855-4-8 03810

정가 15,000원